Anaïs Sautier

# Danse avec les choux

Neuf
*l'école des loisirs*
11, rue de Sèvres, Paris 6e

Du même auteur à *l'école des loisirs*

Collection Médium

*Des yeux bleu trottoir*
*La soupe américaine*


*Loi n° 49.956 du 16 juillet 1949 sur les publications destinées à la jeunesse : janvier 2016*
*Dépôt légal : janvier 2016*
*Imprimé en France par CPI Firmin Didot*
*à Mesnil-sur-l'Estrée*
*N° d'impr : 132985*

ISBN 978-2-211-22585-4

*Pour mon ami Gilles P.*
*Pour ce qu'il restera de nos grands soirs*
*et des petits matins*

# *Prologue*

Avant la danse, dans ma vie, j'avais les Barbie. Pour commencer, une mini-Barbie en plastique testé dermatologiquement a fait son apparition dans ma chambre, puis quelques poupées en plastique non testé, et pour finir la collection complète. Pour la fête d'anniversaire de mes quatre ans, toutes mes copines ont eu la même idée de cadeau. Voilà comment, pendant quelques années, Barbie brune, Barbie cavalière, Barbie jungle et Barbie « formes généreuses » ont partagé mon temps. C'était une époque heureuse où rien ne m'intéressait à part elles. Un jour, j'ai carrément arrêté de réclamer à mes parents des câlins et des histoires avant de m'endormir. Ils en ont éprouvé une jalousie féroce, et ont interdit à quiconque de m'offrir des Barbie pour mon cinquième anniversaire. Ce jour-là, j'ai reçu une bouée dauphin en plastique (pratique quand on habite en Bourgogne, dans une maison sans piscine, et que les flotteurs sont interdits à la piscine municipale), une bague magique qui change de couleur selon l'humeur (elle est restée noire tout l'anniversaire), un stylo Barbie (par une petite farceuse), un déguisement de princesse, plus un tas d'autres choses. Une fois les invités partis, mamie (la mère de papa) est arrivée avec un paquet sous le bras. C'est son truc, elle arrive toujours avant ou après tout le monde, et maman lui a fait les gros yeux. C'est un super jeu entre elles, elles ne s'adressent presque pas la parole, ne s'embrassent jamais, se vouvoient après vingt réveillons de Noël passés ensemble, mais elles s'accordent beaucoup d'importance.

J'ai déchiré le papier cadeau, sous le regard effaré de maman qui s'attendait au pire. Au fond de moi, j'espérais trouver LE cadeau interdit, celui qui la rendrait folle de rage : la nouvelle *Barbie vampire*. Je savais que mamie en était capable.

À la place, j'ai reçu un immense livre : *Pas à pas avec Anastasia*. Maman a fait remarquer à mamie que, jusqu'à preuve du contraire, je ne savais pas encore lire. Mamie a répondu que, jusqu'à preuve du contraire, ça n'allait pas tarder. Pour faire diversion, ma sœur Laura a gonflé le dauphin et s'est assise dessus. La bouée a explosé sous son poids, et tout le monde a crié. Moi, j'ai rigolé. La fin des fêtes, c'est ce que je préfère. J'ai caressé la couverture de mon nouveau livre, qui grattait à cause des paillettes incrustées. Ce cadeau est une vraie merveille. À chaque page, Anastasia, danseuse d'origine russe hyper grande, maigre et habillée tout en rose, fait des démonstrations de danse en suivant des positions numérotées. L'enchaînement des positions donne une chorégraphie réalisable à la maison sans la surveillance d'un adulte. La liberté, quoi. Quand mamie est partie, elle a marmonné : « Merci, mon chien, tu pourrais me faire un bisou. » Pour une fois, maman était d'accord avec elle. Je n'ai pas bougé d'un pouce, d'ailleurs, je l'ai à peine entendue partir. Je dévorais mon livre. Le vocabulaire de la danse est expliqué dans l'ordre alphabétique, comme dans un dictionnaire, et il y a plein d'illustrations. Chaque soir, ma sœur me lisait une nouvelle lettre de *Pas à pas*, à moi et aux Barbie. À la lettre *C* comme Claquage, ou à la lettre *R* comme Retraite, elles souriaient bêtement.

Une fois toutes les chorégraphies d'Anastasia apprises par cœur, mes parents ont fini par accepter de m'inscrire à un cours de danse classique.

Assez rapidement après le début des cours, les poupées se sont retrouvées les unes après les autres au fond du coffre à jouets. Seule Barbie brune est restée encore un peu sur mon lit. Mais elle a fini comme les autres, les cheveux emmêlés et la tête à l'envers. Je ne me fie qu'à Anastasia, la seule qui sache expliquer comment devenir un petit rat. Je connais la définition par cœur :

*P : « Petit rat » (expression populaire) : surnom affectueux qui désigne les jeunes danseurs en formation à l'école de danse de l'Opéra de Paris. Devenir « petit rat » est une épreuve en soi, car les candidats présentent deux chorégraphies devant un jury de professionnels impitoyables. Après deux auditions, les candidats reçus deviennent stagiaires de l'école de danse pour une durée de deux trimestres. Si, à l'issue de ce stage, le/la danseur/euse est retenu(e), il/elle est officiellement « petit rat ».*

*Note au lecteur: ces petits rats-là n'ont rien à voir avec les mammifères rongeurs qui vivent dans les égouts.*

Anastasia a oublié de dire que l'école de danse de l'Opéra de Paris se situe à Nanterre, et que depuis Nanterre on ne voit pas la tour Eiffel. Elle ne dit pas non plus que, comme le veut la tradition, les résultats des auditions pour devenir stagiaire sont envoyés par la poste. Attendre la lettre est une épreuve terrible, pire que la veille du réveillon de Noël, pire que la maîtresse qui distribue les copies par ordre décroissant, pire que la piqûre du dentiste. L'attente de la lettre ronge le ventre, bouche les oreilles et empêche de dormir.

Quand la lettre arrive enfin, il n'y a pas besoin de la lire en entier pour connaître la réponse, il suffit de regarder tout en bas. Si elle est signée de la main de Sylvette Platoule (ancienne star mondiale du ballet et directrice de l'école de danse de l'Opéra), c'est gagné ; si elle se termine par une signature photocopiée, il faut ressortir les Barbie et changer de rêve.

# 1
## *Le bonheur est un pistolet chaud*

La lettre devrait arriver cette semaine. C'est ce que m'a dit monsieur Thing, du service « admissions » de l'école de Nanterre. Depuis un mois, je lui téléphone tous les soirs après l'école pour lui tirer les vers du nez. Maintenant, il m'appelle « ma petite Suzanne ». Bien sûr, il jure qu'il n'est pas en possession de la liste des heureux stagiaires de la promotion 2015-2016, seule « Sylvette » la connaît. Moi, je dis que s'il appelle Platoule par son prénom il peut forcément me renseigner sur mon sort (ou mon non-sort). Aujourd'hui, il ne me dit pas « ma petite Suzanne », et il ronchonne. Mon oreille droite se bouche et fait des bruits de soucoupe volante, comme toujours quand on m'annonce une mauvaise nouvelle. À coup sûr, il n'ose pas m'annoncer que, dans la liste des admis à l'école de danse, il n'y a pas de Suzie, pas de Suzon, pas de Suzanne à l'horizon.

– Monsieur Thing, j'ai besoin de savoir si je suis sur la liste, s'il vous plaît… Je ne répéterai rien à personne. Au pire, si je répète à quelqu'un, ce sera votre parole contre la mienne. Moi, j'ai dix ans et en plus je suis née en fin d'année. Les enfants de fin d'année sont hyper immatures et personne ne les aime trop, donc on ne croira jamais que vous m'avez donné les résultats avant tout le monde.

Il se racle la gorge et je l'entends farfouiller dans ses papiers.

– Écoute, Suzanne, ce soir, je n'ai pas le temps de tailler le bout de gras avec toi. Les lettres d'admission sont toutes arrivées dans les boîtes aux lettres, et mon standard, ben… il explose, mon standard ! Les gens me posent des questions d'une nullité, ma pauvre petite, c'est à croire que les parents des stagiaires sont de plus en plus bêtes. Est-ce que je dois lui prendre son oreiller, son radio-réveil, son slip de bain, et bla, et bla, et bla ? C'est un internat, pas un hôtel, à la fin. J'ai pas raison ?

Il est totalement hors sujet. Qui aurait envie de parler de trucs aussi pourris quand la réponse à la question la plus importante au monde est au frais dans une boîte aux lettres à moins de dix mètres ?

– Pardon ? Les lettres sont arrivées ? Et vous ne me dites rien, monsieur Thing ?

Mon oreille droite (la plus fragile des deux) est à l'agonie.

– Explique-moi un peu, Suzanne, en Bourgogne, vous avez bien des boîtes aux lettres, non ?

– Eh ben, non !

Pour ne pas fondre en larmes, je lui raccroche au nez. Je n'arrive pas à croire qu'à l'heure qu'il est des dizaines d'enfants, à qui leur vingtaine de parents ont confié un double des clés de la boîte aux lettres, savent déjà s'ils sont admis ou non à l'école de danse. Moi, je suis forcée d'attendre le retour de Laura, qui, elle, possède un double, mais est plus lente qu'un escargot paresseux. Ma sœur est une plaie question vitesse. Elle devrait être rentrée du lycée depuis une heure. Mais la véritable coupable de mon malheur n'est pas Laura, c'est madame Zamaréno, la voisine d'en face, qui espionne tout le monde derrière ses rideaux transparents. Il y a trois jours, je possédais encore – comme tout enfant de dix ans – un double des clés de la boîte aux lettres familiale. Mais je l'avoue : j'en ai gravement abusé. Le 7 décembre, j'ai fait vingt-huit allers et retours en moins de dix minutes entre la maison et la boîte aux lettres pour m'assurer que la lettre n'était pas restée coincée au fond. Madame Zamaréno a alerté mes parents, qui ont décidé de me confisquer cette clé. Ce jour-là, la voisine était bien cachée, et le brouillard épais jouait en sa faveur. J'étais tellement excitée que je n'étais pas sur mes gardes. D'habitude, je la repère toujours.

En attendant la délivrance, je regarde le DVD *Romu Millorteil : un pied dans la vie, un pied dans la danse.* Ce documentaire est le seul truc sur terre qui m'empêche de courir vers la boîte aux lettres pour la défoncer à coups de marteau. Si madame Zamaréno n'était pas aux premières loges, ce serait fait depuis longtemps. En attendant, je dois me contenter de Romu Millorteil sur mon écran de télévision. Ce qui est déjà pas mal, car il est le danseur le plus célèbre du monde. Sa vie est racontée à la lettre *M* de *Pas à pas* :

*Millorteil, Romuald : élève du conservatoire de Bordeaux, il présente très tôt des prédispositions pour la danse mais aussi pour le rugby, le foot-yoga et la cithare (définition du mot « cithare », p. 17). Il décide de se consacrer à la danse, et entre à l'école de danse de l'Opéra de Paris. Il intègre le corps de ballet à seize ans, et devient étoile à dix-huit ans et deux jours.*

Il manque une information cruciale à Anastasia, qui, comme nous tous, commence à vieillir : depuis deux ans, Romu Millorteil est exilé à New York. La troupe de l'Opéra l'a prêté aux États-Unis pour une somme d'argent restée confidentielle. On en a parlé à la télé pendant des jours. Il faut dire qu'en plus de danser comme un dieu vivant Romu est populaire dans tout le pays. Jusqu'à son départ pour les États-Unis, il était la personnalité préférée des Français. Pour un type qui ne ramènera pas de médaille aux Jeux olympiques, c'est un exploit. Je connais le documentaire par cœur, et pourtant je ris toujours quand il explique que son secret pour danser aussi bien réside dans la musculation des orteils. À la vingt-neuvième minute, il dit : « Je muscle mes orteils comme s'ils étaient mille. » J'ai suivi son conseil, et depuis je suis meilleure danseuse. Avant, j'étais une faible d'orteils. Pourtant, en danse, tout repose sur eux. Ils doivent être souples et puissants. C'est en regardant un reportage sur les ouistitis que j'ai trouvé le moyen de les muscler une bonne fois pour toutes. Ces bestioles utilisent leurs pieds pour tout : s'épouiller, chasser, et même se curer le nez. J'ai inventé un exercice d'imitation des ouistitis qui s'appelle le « singe agile », et qui pourrait bien se retrouver à la lettre *S* de *Pas à pas* édition 2020, tant mes doigts de pieds sont devenus puissants. Pour leur apporter souplesse et vigueur, je ramasse ce que je trouve par terre avec mes pieds. Au sol, je trouve un peu de tout, mais surtout des stylos, des télécommandes, des tasses à café, des téléphones portables, des pièces de monnaie et des clés sans porte-clés (un vrai calvaire pour les attraper). Bien sûr, il y a eu quelques ratés, plusieurs tasses à café ont fini leur vie au fond de la poubelle, un portable n'a pas survécu à la chute, plusieurs stylos plume ont fui à mort sur le lino de la salle de classe.

Quand j'entends la sonnette du vélo de Laura, la télécommande que je tiens au creux de ma voûte plantaire éclate contre le sol. Je me précipite à la fenêtre. Pour le moment, je ne vois que madame Zamaréno, derrière ses rideaux. Je n'ai pas le temps de lui faire la grimace qu'elle mérite, car ma sœur apparaît devant la maison et ouvre la boîte aux lettres sans que j'aie à la supplier pendant une heure. De drôles de choses se produisent dans mon corps. Mes boyaux se tordent, mon oreille droite se bouche, et mes mains se couvrent de transpiration. Je suis incapable de bouger, mes orteils sont plombés au sol. Heureusement, quand elle veut, Laura crie vite. Je quitte la maison en courant et lui arrache la lettre des mains. Une grosse goutte de pluie tombe sur la signature de Sylvette Platoule. Un filet d'encre bleue coule.

Opéra, me voilà.

Mes doigts sont tachés de la plus belle encre qui soit. Celle du stylo d'une faiseuse d'étoiles. Laura me prend par le cou et me ramène de force à l'intérieur. Mes chaussettes sont toutes mouillées, et, à travers le coton, on peut voir mes dix héros super musclés. Avec ma sœur, nous restons immobiles sur le canapé à regarder la nuit qui tombe sur le ciel jaune d'hiver. Quand le ciel est tout à fait noir, au lieu d'allumer la lumière, Laura met notre chanson de famille. Celle qu'on préfère à toutes les autres, celle qu'on a écoutée quand papi est mort et que plus personne n'arrivait à parler. *Happiness Is a Warm Gun* (à savoir « Le bonheur est un pistolet chaud »), des Beatles. Pour un groupe dont la moitié des membres sont disparus depuis vingt ans, c'est vraiment bien. Ma sœur me fait danser. À cause de sa lenteur, elle ne peut pas danser autre chose qu'un slow. Mais monsieur Stevant, mon professeur de danse, est formel, les temps de pause dans les chorégraphies douces ne doivent pas être négligés. Notre solo est parfait : nos pieds heurtent le sol doucement et en rythme. Ma tête appuyée contre son épaule est immobile. Mes boyaux, mon oreille droite ne s'en remettront jamais. Je suis une future rate de l'Opéra.

Papa nous trouve dans le noir, joue contre joue. Il voit la lettre et l'encre qui a bavé sur le papier. La musique s'arrête, et nous dansons tous les trois en attendant maman.

## 2
## *CM2, mon amour*

Dans mon école, l'école des Arènes, je suis la chef indétrônable de la récré. C'est grâce à mon ancienneté (je suis en CM2), mais surtout grâce au gala du conservatoire en juin dernier, où j'ai dansé la « Mort du tutu ». L'ovation du public a duré dix minutes, et l'événement a été largement repris par la presse. J'ai fait la première page de *L'Yonne républicaine*, et une équipe de *Bourgogne danse* a diffusé mon solo final de trois minutes à une heure de grande audience. Ma maîtrise de la gargouillade, un saut de chat inventé il y a très longtemps, a beaucoup impressionné le public. Les journalistes ont trouvé que remettre la gargouillade au goût du jour était un pari osé que monsieur Stevant et moi avions relevé avec brio. La gargouillade a peut-être un nom rigolo, mais mieux vaut la prendre au sérieux, car l'exercice est compliqué. Heureusement, la chorégraphie était courte. Nous avions répété les grands jetés, les petits jetés et le jeté royal (la star des jetés) pendant des heures. La maire de la ville m'a offert de belles fleurs violettes et blanches, que j'ai gardées trois semaines entières. À la fin, les fleurs blanches étaient grises, et les violettes, couleur gadoue. J'ai pleuré quand papa les a mises à la poubelle. Même pourries et puantes, ces fleurs étaient le symbole d'une nouvelle vie qui commencerait quelques mois plus tard, en CM2.

Mais papa ne pouvait pas deviner qu'en CM1 j'avais rencontré trois problèmes qui m'ont rendue impatiente d'en finir avec cette année scolaire. Mon grand amour de l'époque, Tim Lamnass, faisait les yeux doux à Clarisse et m'ignorait royalement ; deux filles de CM2 me volaient mes biscuits « Mamie dans le pot » ; et la dame de la cantine, madame G., me forçait à finir mes choux de Bruxelles en me tirant les petits cheveux derrière l'oreille. La vie était assez morne, et, certains soirs, je ressortais Barbie brune du coffre à jouets pour lui raconter mes misères. Heureusement, en juin dernier, la « Mort du tutu » a changé ma vie, et aujourd'hui plus personne n'ose me chercher des noises à l'école.

• Les filles de CM2 sont maintenant en sixième, où des élèves de troisième leur piquent leurs goûters.

• Madame Boucher, ma maîtresse, a vu le spectacle et l'a adoré. Elle me laisse jouer au singe agile en classe. J'ai dû lui jurer qu'au collège je garderais mes pieds dans mes chaussures, et depuis elle me fiche une paix royale. Une fois, elle a même fait semblant de ne rien remarquer quand j'ai ramassé un compas avec mon pied gauche (le pied faible) et qu'il est retombé sur la main de Théo. J'avais vraiment honte pendant qu'il épongeait le sang qui coulait sur ses doigts.

• Madame G. a fait une grande campagne « anti-choux de Bruxelles » à la cantine, et elle ne m'a plus jamais forcée à finir mon assiette (je suis aussi dispensée de haricots verts, d'épinards et de brocolis). Quand les jaloux demandent des explications, elle répond que les danseurs ont des régimes alimentaires à suivre, et que les légumes verts raidissent les muscles. Elle était aux premières loges pendant que je dansais la « Mort du tutu », ça a créé des liens très forts entre nous.

• Plus de quinze garçons, dont «Théo main trouée », m'ont fait des déclarations d'amour. Dix en personne, trois à l'écrit, deux par l'intermédiaire de messagers. Plus un par récitation. Voilà ce qui s'est passé : Tim Lamnass, mon amour du CM1, m'a donné rendez-vous derrière le chèvrefeuille qui est le point de ralliement des CM2 pendant les récrés. Tout en se rongeant les ongles, il a commencé à réciter un poème qui expliquait qu'une journée sans moi est encore plus nulle qu'un arbre sans racine, une cage de foot sans gardien, et un bébé sans couche. Face à tant d'amour, je suis restée muette. À la fin du poème, je suis allée trouver madame G., qui possède un smartphone qu'elle prête aux enfants pour diverses urgences. C'en était une. Sur Google, on a tapé : « poème amour enfants ». Elle me devait bien ça, car elle avait manqué de me rendre chauve de derrière les oreilles. Quand j'ai lu la première phrase qui s'affichait sur le téléphone, j'ai décidé de ne plus jamais parler à Tim Lamnass, et de me méfier des garçons jusqu'à ma mort. Il aurait au moins pu aller à la bibliothèque et recopier un poème dans un livre.

- Aux récrés, j'ai remplacé les matchs de foot par deux jeux. Le premier, le kung-fu violent sans les mains, est un jeu d'une grande brutalité. Le second consiste à improviser des chorégraphies sans musique. Inutile de dire que tout le monde se bat pour m'avoir dans son équipe. Mais je ne danse pas, je suis arbitre, juge, décideuse. La victoire n'a qu'un visage : celui de ma meilleure amie Alicia, ou celui de sa sœur jumelle Félicité. Les jumelles gagnent toujours, même quand elles dansent comme des poules sans tête.

Ce soir, quand la dernière cloche de la journée sonnera, ce sera les vacances de Noël. Ce sera la fin de mon histoire avec l'école des

Arènes, et personne, sauf Alicia, ne m'embrasse, ou ne me dit que c'est dommage, qu'on s'est bien amusés. Personne ne vient me souhaiter bonne chance, me féliciter, me dire que, comme Romu Millorteil, j'irai loin, très loin. Peut-être à New York.

Comment pourraient-ils me souhaiter bonne chance, me dire au revoir ou même bon débarras ?

La photocopie de la lettre d'admission que je devais donner à madame Boucher n'a pas bougé de la poche intérieure de ma doudoune.

# 3
## *Quai des adieux*

Mon père vient de me faire jurer de ne pas me coucher avec un malabar dans la bouche, car la nuit les malabars glissent des bouches endormies des enfants, et atterrissent dans leurs cheveux. Il a insisté sur le fait que je ne dois pas raconter ma vie à tout le monde, conseil qui tombe à pic quand on arrive dans une nouvelle école. Il a fallu que je promette de téléphoner à la maison aussi souvent que possible, genre : matin, midi et soir. Nous sommes dans le hall de la gare tous les deux, et nous attendons le train depuis une éternité. Pas parce que le train est en retard, mais simplement parce que papa adore être en avance… On s'ennuie tellement qu'après trois batailles de pouce et quarante « tu préfères ? » papa me serre contre lui pour passer le temps. Comme je déteste les bisous et les câlins inattendus, je me débats, et la poche avant de ma doudoune fait un bruit louche. Il m'observe avec le même air de fouine soupçonneuse que madame Zamaréno.

– Suzanne Barbottin, qu'y a-t-il dans cette doudoune ?

Voilà ce qui se passe quand on arrive trop en avance… S'il découvre la lettre de Sylvette Platoule, il devinera que je ne l'ai jamais montrée à madame Boucher, et m'interdira de monter dans le train avant d'avoir fait mes adieux aux Arènes.

– Rien. Grouille-toi, on va sur le quai, je vais rater le train.

Au risque de me prendre une bonne claque, j'ai dit « grouille-toi » pour changer un peu de sujet.

– On ne dit pas « grouille-toi » à son père. Je crois même que c'est passible de prison.

– OK, pardon, papa. Ça te dirait, un bisou ?

Bisou = meilleure arme du monde pour faire craquer papa.

Ma sœur a arrêté de lui faire des bisous au siècle dernier, et moi, depuis quatre bonnes années. J'espère que maman lui en fait quelques-uns en dehors du bisou de Nouvel An le 31 décembre à minuit, sinon sa vie doit être bien triste.

– Montre-moi ce qu'il y a dans cette doudoune. Tu as ta voix de menteuse, je te connais par cœur.

– C'est une lettre d'amour de Tim Lamnass, papa. J'ai droit à un peu d'in-ti-mi-té avec ma doudoune, non ?

Le concept d'intimité est très utile, il effraie les adultes. Ma sœur l'utilise dès que quelqu'un veut entrer dans sa chambre. Ça marche à tous les coups, et ça lui permet de faire croire aux parents qu'elle est en plein dans ses devoirs alors qu'elle envoie des textos débiles à sa copine Soumaya. Comme à chat glacé, papa est figé. Il ne dit plus rien jusqu'à l'arrivée sur le quai du train qui m'emmène vers Paris. Sur terre, deux choses terrorisent papa : les araignées, et entendre parler de nos amoureux.

– Très bien, garde ton intimité pour toi, et fais un gros bisou à ton père.

– Trop tard. T'avais qu'à pas dire non tout à l'heure ! C'est pas Noël non plus.

Il m'embrasse de force.

– Suzanne, ma grande, on se revoit vendredi soir. Écoute bien ce que te dit Rachel.

Rachel est ma cousine, elle vit à Paris, et je ne sais pas si papa lui a promis une récompense, mais elle a accepté de venir me chercher à la gare de Paris Bercy ce matin pour me conduire à la rentrée des stagiaires de Nanterre.

– Je ne suis pas certaine de reconnaître cousine Rachel, ça fait hyper longtemps… Tu te rappelles à quoi elle ressemble ?

La dernière fois qu'on l'a vue, elle avait quinze ans, et elle chantait *La Marseillaise* au micro pour la communion de son petit frère. Elle avait échappé à la surveillance des adultes, et en avait profité pour boire des coupes de champagne en cachette. Elle connaissait l'hymne par cœur. Ça n'a pas plu aux invités, mais elle est allée jusqu'au bout. Un mental d'acier à quinze ans.

– Eh bien, cousine Rachel a pas mal changé, mais c'est temporaire. En tout cas, c'est ce que sa mère espère. Ne sois pas choquée en la voyant… Elle souffre d'un petit désordre psychologique qui fait qu'elle s'arrache des touffes de sourcils et de cheveux quand elle est stressée.

– Hein ? ?

Le contrôleur me fait signe de monter, le train va partir. Papa me serre hyper fort dans ses bras et je renifle un bon coup son parfum que j'adore plus que la danse et la chantilly réunies. Une petite larme tente de s'échapper de mon œil, mais je ne voudrais pas lui mouiller le cou et gâcher l'odeur.

# 4
## *Boule à neige contre boule sans poils*

Je vis un cauchemar.

Devant moi se tient un humain d'un mètre soixante sans cheveux, sans sourcils, et habillé aux couleurs de l'arc-en-ciel. Manteau couleur banane, pantalon teinte framboise écrasée, et chaussures brillantes bleu-vert imitation canard W.-C. Jusqu'ici, rien de très grave, ça pourrait presque être drôle.

Sauf que nous sommes le 5 janvier, et que cette personne de toutes les couleurs entre en scène le jour le plus important de toute ma vie.

Encore pire, cet individu est l'adulte à qui mes parents m'ont confiée.

Je ne suis pas très tranquille, car la créature multicolore qui attend sous le panneau « train à l'arrivée » de la gare Paris Bercy est très certainement ma cousine. Son look est tellement effrayant que tous les passants la contournent. Elle agite la tête dans tous les sens à ma recherche. Je suis bien cachée derrière le kiosque à journaux. Il est encore temps de m'échapper. Je trouverais bien une personne pour m'expliquer comment marche le métro ; puis une autre pour me conduire au RER (le nom du train qui nous amène de Paris à Nanterre). Une troisième pourrait sûrement m'aider à trouver un endroit où manger. Si je demandais à un quatrième adulte de me prêter son téléphone pour rassurer papa et maman, ce serait le paradis, vraiment. La situation idéale. Plus de cousine de toutes les couleurs pour me mettre la honte. Sauf que tout le monde sait (même moi) que les Parisiens ne sont pas très aimables, et sur plusieurs millions d'habitants, je ne suis pas sûre de trouver quatre personnes gentilles en une journée.

– Suzaaaaaanne ! hurle une voix derrière moi.

Je me suis laissé distraire par mes pensées, et me voilà faite comme un petit rat. Ma cousine est face à moi.

– Salut, Rachel.

– Et moi qui avais peur de ne pas te reconnaître. Tu ressembles à mort à tonton Hubert. Mais t'inquiète, ça va passer avec le temps.

Tonton Hubert, le grand frère de papa et de la mère de Rachel, est moche. Tous les enfants se moquent de lui tellement il est moche. Chaque fois qu'on rend visite à tonton Hubert, on a droit à une leçon de morale dans la voiture, et on doit jurer de ne pas se moquer de son physique. Son nez a la forme d'une patate mal cuite, il a une bosse sur le dos, et ses yeux n'ont pas de couleur. On le surnomme « tonton le laideron ».

– Allez, Suzie, t'inquiète, ça va aller. On est presque dans les temps. Et puis, l'important, c'est de participer, pas d'être PILE à l'heure !

On n'est pas dans les temps. On est en retard, et un petit retard est un retard quand même. Dans toutes les écoles de la planète, même à l'école des Arènes, l'important le jour de la rentrée, c'est d'arriver à l'heure. Tout le monde sait ça. Et à dix-neuf ans, elle devrait être au courant. On est coincées sous terre depuis quinze minutes à cause d'un chien et d'un écureuil qui jouent sur les voies du métro. Mon cœur bat à mille à l'heure. Dans dix-sept minutes, la grande conférence de rentrée de Platoule va commencer. Il paraît qu'on n'oublie jamais la première fois où l'on rencontre la directrice en chair et en os. Il paraît que, quand elle parle, les voitures de Nanterre arrêtent de klaxonner, les aiguilles des pendules se figent et les élèves retiennent leur souffle. Cette femme n'a qu'une religion, la danse, et pour elle la danse n'a qu'une maison, l'école de l'Opéra. Je vais rater le début du moment le plus spectaculaire de ma vie. Rachel n'est pas très fière d'elle : elle s'arrache en douce ce qu'il lui reste de sourcils. C'est dommage, avant qu'elle ne me gâche ma rentrée, et même après son allusion à tonton Hubert, j'aimais bien Rachel. Sur le coup, j'étais vexée comme un pou qu'elle me compare à Hubert, et bien décidée, même sous la torture, à ne plus jamais lui adresser la parole. Mais la cousine est maligne, et j'ai perdu au roi du silence avec moi-même quand elle m'a proposé d'aller déjeuner au Burger King à ses frais. Maman m'avait donné un billet de vingt euros, que j'ai enfoncé bien au fond de ma poche de jean. En plus de l'invitation au Burger King, Rachel m'a appris à survivre dans les transports en commun en trois leçons :

1) pour ne pas se faire voler ses affaires : porter son sac contre sa poitrine bras croisés devant, comme une maman kangourou protège ses petits ;

2) pour ne pas se faire bousculer dans le métro : porter des couleurs criardes comme elle ;

3) pour trouver une place assise : avoir l'œil larmoyant et les épaules basses. Vu l'absence de poils sur la tête de Rachel, et mon physique d'asticot, tous les passagers se sont battus pour nous laisser leurs sièges.

Ensuite, elle m'a offert un menu au Burger King, et pas un menu enfants avec un mini-sandwich. Un menu XXL. J'en ai encore des frissons. C'était génial, et j'ai gardé toutes les preuves de mon passage pour Alicia : serviettes Burger King, ballons de baudruche, et verre à brosse à dents en plastique avec des burgers boxeurs imprimés dessus. Ensuite, Rachel m'a fait faire une balade, avec nos manteaux grands ouverts, pour dissiper l'odeur de friture incrustée dans nos vêtements. J'étais sûre que Rachel surveillait sa montre. Quand nous sommes montées dans le RER, l'église de Saint-Lazare sonnait 13 heures, et il était déjà presque trop tard. Notre cas était bien assez compliqué sans que deux animaux décident de faire les fous sur les rails du métro. Le train est reparti après douze minutes.

Il est 13 h 55 précises. Mon burger se décompose dans mon ventre, mon oreille droite est totalement bouchée, et je compte les nanosecondes qui nous séparent du début de la conférence de bienvenue de Platoule. Rachel s'acharne sur ses arcades sourcilières. Personne dans le wagon ne trouve son attitude bizarre. Nous sommes assises dans un carré, et nos voisins font des choses bien plus louches : une dame crache des écorces de graines de tournesol par terre, et un type tricote un truc de la même couleur que les chaussures de ma cousine, impossible à identifier. Ils ne lèvent même pas le nez quand le métro devient aérien et que la tour Eiffel apparaît dans le paysage. Je saute comme un cabri pour lui faire la fête. J'adore la tour Eiffel. J'ai même accroché un poster dans ma chambre. Mais tout le monde s'en moque : Rachel est inquiète, la cracheuse de tournesol mitraille le sol, et le tricoteur fou est concentré sur sa maille. Une petite voix s'élève du carré de sièges parallèle au nôtre :

– Moi aussi, j'adore la tour Eiffel. J'ai au moins quatorze boules à neige avec la tour Eiffel à la maison.

Je n'avais pas remarqué qu'un garçon de mon âge était assis juste à côté de moi. Il est très mignon en plus. Presque aussi beau que Tim. Des yeux de chat verts avec des éclats jaunes, des cheveux bruns brillants, et un sourire à tomber par terre. Je suis sûre qu'il se rend à un casting pour une pub de shampooing ou de biscuits « petit déjeuner ».

– Des boules à neige ? je demande.

– Ouais, des globes de plexi pleins d'eau, avec des mini-tours Eiffel et des flocons de neige artificielle. C'est hyper beau. J'en ai même une avec Romu Millorteil qui danse au pied de la tour Eiffel. Hein, mémé ?

Il serre un livre dont je reconnaîtrais la couverture entre mille : *Romu Millorteil : un pied dans la vie, un pied dans la danse*, la version livre du DVD. La vieille dame qui l'accompagne met à peu près mille ans à lui répondre :

– Oui, c'est tout à fait vrai. Mais ce ne sont pas vraiment les boules à neige qui me préoccupent. Tu vas rater la rentrée, mon garçon…

Quatre à arriver en retard, c'est toujours plus rassurant. Si quatre personnes, dont une mamie, racontent l'histoire du chien et de l'écureuil, nous avons toutes les chances d'être excusés par Platoule.

– T'inquiète, mémé, on va gérer. Tu vas nous arranger le coup, hein ? Personne ne peut crier après une mémé en public.

– Je ne suis pas une mémé ! Je suis une dame d'un certain âge, encore bien en forme.

Il la serre dans ses bras et lui fait des bisous sur la joue. Si mon père était là, il serait ultra déprimé de voir que certains enfants font des bisous à des adultes sans qu'on les supplie pendant des heures.

– Oui, t'es carrément bien conservée. Mais il va falloir que tu fasses un petit effort pour jouer la toquée. Comme ça, tout le monde nous pardonnera notre retard. Tu pourras redevenir une femme d'un certain âge, bien en forme, ce soir, quand tu seras dans le train.

Une fois sortis de la station de RER, mon futur collègue d'internat et Rachel transforment la dame d'un certain âge en vraie grand-mère. Ils lui accrochent un foulard autour de la tête, Rachel lui met un peu de rouge à lèvres sur les dents, elle chausse ses lunettes loupes qui lui font des yeux de martienne. À la fin de la séance de déguisement, elle ressemble à la reine d'Angleterre au réveil, une vraie mamie gâteau. Elle est parfaite pour le rôle. Nous entrons dans l'amphithéâtre avec vingt minutes de retard, chacun lui tenant un bras, pendant que Rachel porte nos sacs. On doit faire vraiment pitié parce que toutes les personnes présentes penchent la tête et plissent le nez en nous voyant arriver. Ils n'écoutent même plus Platoule. Le pire bourreau du monde n'oserait pas nous punir pour ce retard. Sylvette Platoule est debout sur l'estrade. Elle est magnifique. Ses cheveux sont roux flamboyant et elle est habillée tout en noir comme le veut la légende. Elle nous sourit :

– Ah, c'est beau, cette jeunesse solidaire ! Malheureusement, la conférence de bienvenue est terminée. Pour nos retardataires, deux choses à retenir : soyez sages et travaillez dur. Sur trente stagiaires, nous en sélectionnerons dix. Ah oui, troisième chose à retenir, et pas des moindres : je vous donne rendez-vous à tous demain à 9 heures pour une surprise exceptionnelle. Aucune excuse pour arriver en retard.

# 5
# *Fenêtre sur brouillard*

Le garçon du métro habitera un étage au-dessous de moi. Nous montons tous les deux les escaliers à pas de fourmi. Tout le monde nous est passé devant. Mais nous savourons les odeurs de danse qui flottent dans le bâtiment. Odeurs de parquets propres, odeurs de rentrée. Narines au vent, mon nouvel ami ne regarde pas devant lui. Il admire les plafonds. Plafond de verre immense dans l'entrée, plafond vert pistache au rez-de-chaussée, plafond citron dans les escaliers. Il porte ma valise et je porte la sienne. Ça s'est fait comme ça. Il m'accompagne au dernier étage, me rend ma valise et regagne la porte de service en sautillant. Pas chassés de côté, pas chassés de face, les yeux rivés au sol pour réaliser des figures plus précises.

La porte de la chambre n° 8 est ouverte. Ma future colocataire, une fille toute petite, brune, aux cheveux coupés sous les maxillaires, est assise sur un des deux lits. Ses yeux sont immenses et très tristes. Elle ressemble à une coccinelle. Elle a les mains croisées devant elle, des pieds ballants qui ne touchent pas le sol. Notre chambre est minuscule, une véritable cage à lapin : deux lits parallèles, et une table de nuit pour deux ; deux petites armoires face à chaque lit, et une grande fenêtre dont la vue est bouchée. D'ici, on ne risque pas d'apercevoir la tour Eiffel. Après cette folle journée, je ne trouve rien de mieux à dire que ça :

– Ah, mince, on ne voit pas la tour Eiffel.

– On ne verrait pas un éléphant rose à un mètre. Ce ciel couleur de purée de pois est épouvantable.

Je ne pensais pas qu'une personne de dix ans pouvait utiliser le mot « épouvantable » à haute voix. À l'école des Arènes, ça ne passerait même pas dans une rédaction à la maison. Madame Boucher soupçonnerait la triche en règle.

– C'est quoi, ton prénom ?

– Mélusine. Et toi, comment t'appelles-tu ?

La maîtresse ne se doute sûrement pas que certains enfants maîtrisent la forme interrogative à l'oral.

– Suzanne.

Elle a déjà punaisé deux portraits au-dessus de son lit : un du pape, et un de Romu Millorteil.

– Tu es fan de Romu Millorteil ?

– Oui, lui et moi venons du conservatoire de Bordeaux.

– C'est marrant, moi aussi j'étais au conservatoire.

Elle me regarde de la tête aux pieds.

– Suzanne, ici, TOUT le monde vient d'un conservatoire de danse. En France, il y a exactement 495 conservatoires.

Je n'ai vraiment rien à répondre à cette révélation, alors je lui dis un truc idiot qui me vient tout seul :

– J'espère qu'on va devenir amies.

Mélusine déglutit en faisant un bruit de lavabo.

– Je te préviens, j'ai déjà une meilleure amie, elle s'appelle Marie-Fleur, mais j'espère qu'on s'entendra, toi et moi. On est colocs, donc il faudra bien qu'on s'entende…

Je ne sais pas si c'est comme ça qu'on se fait des amis à Bordeaux, mais cette fille n'est pas très aimable.

– Ah ben oui, j'espère aussi, mais t'inquiète, moi aussi, j'ai une meilleure amie, elle s'appelle Alicia. Elle a même une sœur jumelle, Félicité. On est trois meilleures amies.

Mélusine sort un livre énorme dont le titre est : *Jésus, souvenirs d'enfance d'un type pas comme les autres*. Je défais ma valise, et le rire d'Alicia me manque comme pas possible. Cette fille m'a appris mille gros mots, j'ai copié sur elle des dizaines fois. Je n'ai pas assez de doigts de mains et de pieds pour compter les fous rires qu'on a eus ensemble. J'ai envie de dire à Mélusine que sa Marie-Fleur a un prénom (même deux prénoms) débile(s). Marie n'est pas un prénom, il y a plus de filles sur terre qui s'appellent Marie que de filles tout court. Et puis « Fleur » est un nom, pas un prénom. Pourquoi pas « Fille-Tige » pendant qu'on y est ? Au moment où je m'apprête à lui dire qu'Alicia est un prénom bien plus beau que « Fille-tige », une dame en survêtement rouge entre dans la chambre.

– Bonsoir, je suis Christi, la chef du dortoir. Ça fait vingt ans que je surveille les futures stars, donc on ne me la fait pas, à moi. Vous avez intérêt à vous tenir à carreau, les cocottes.

On n'a pas gardé les cocottes ensemble, mais elle a deux sifflets autour du cou, un gris et un rouge, et ils en imposent tous les deux.

– Bonsoir, madame, répond Mélusine.

– Salut, Christi, je m'appelle Suzanne Barbottin.

Mélusine me regarde avec un air outré. La dame vient de me traiter de cocotte, j'ai bien le droit de dire « salut », quand même.

– Ah ben tu tombes bien, Suzanne. Ta mère a téléphoné, tu sais que tu ne dors pas ici jeudi ?

Tu es appelée chez toi pour une affaire de la plus haute importance.

Je vis sûrement les derniers instants heureux de ma vie d'enfant. La colère de mes parents est toujours terrible. En 2011, ils m'ont obligée à réparer l'évier que j'avais bouché après avoir rasé le crâne de Barbie brune (elle a eu une période punk) ; en 2012, après une punition en cours de hula hoop, ils m'ont forcée à manger des légumes verts deux jours de suite ; en 2013, après mon D- en maths, ils ont confisqué *Anastasia* pendant deux semaines ; en 2014, après la dénonciation de madame Zamaréno, ils m'ont pris mon double des clés. Cette fois, ce sera pire que tout ça réuni.

– Ah, et vous savez pourquoi, par hasard ?

Autant en avoir le cœur net… Avec un peu de chance, je me trompe. Peut-être que les explications d'Alicia à la maîtresse ont suffi et que mes parents ignorent tout de ma fugue des Arènes ?

– Je n'en sais pas plus, cocotte, ta cousine passera te prendre ici pour t'accompagner à la gare. Peut-être que tu manques trop à tes pauvres parents, qui sait ? Certains parents vivent très mal le départ de leurs rejetons. Voilà, Suzanne Barbottin, le message a été transmis. Soyez prêtes pour 19 heures, douchées, et en tenue de nuit, pour le repas. Le dîner se prend en pyjama, pigé ?

# 6
## *Graine de crâneuse – acte premier*

Ce pyjama rose à étoiles phosphorescentes m'a toujours porté chance. Du temps où j'attendais la lettre de Nanterre, je mettais le haut étoilé sous mes pulls en laine la journée, et la nuit, je m'en servais comme oreiller-doudou. Grâce à lui, mes rêves les plus fous se sont réalisés : Tim a fini par tomber amoureux de moi, et l'encre de Platoule a coulé. Cette tenue est magique, et Mélusine la regarde avec beaucoup d'envie et de respect. Bientôt, Marie-Fleur ne sera plus qu'un lointain souvenir, et elle me suppliera de devenir sa meilleure amie.

J'ai bien besoin de ce pyjama porte-bonheur, car le téléphone a sonné trente-sept fois dans le vide avant que Laura ne décroche et ne chuchote, détachant les mots à une lenteur infernale :

– Suzanne, c'est tendu pour ta pomme. Madame Boucher a appelé maman ce midi pour demander si je pouvais passer aux Arènes pour prendre tes devoirs. Maman lui a dit : « Vous avez la mémoire courte, Suzanne n'est pas malade. Elle est à Nanterre ! ! » La honte totale que s'est tapée la pauvre maman... Tu es complètement folle de ne pas les avoir prévenus de ton départ. Papa est tellement en colère qu'il a parlé de te faire poser un bracelet électronique, il s'est renseigné sur Internet et figure-toi que quitter son école sans prévenir sa maîtresse n'est pas un délit. Tu as eu chaud !

Soyons clairs, j'ai toujours su que c'était fou. Je me doutais que papa menacerait de m'envoyer en prison, mais sur le moment, laisser cette lettre au chaud de ma doudoune semblait plus simple que dire au revoir à toute la classe et risquer de pleurer devant Tim. Tim a beau être un piètre poète, je le porterai toujours dans mon cœur, et j'aimerais surtout qu'il reste amoureux de moi aussi longtemps que possible. Malgré tous les légumes verts qu'on m'a forcée à manger, malgré la présence de Clarisse, mon ennemie jurée, et les heures d'ennui mortel passées à faire de l'orthographe et des maths, j'aime l'école des Arènes. Et depuis mon solo de fin d'année et la « Mort du tutu », l'école des Arènes me le rend bien. Dire au revoir quand on a la frousse de partir, ce n'est pas si simple. Surtout quand il suffit de laisser une lettre dans une poche pour échapper aux adieux.

– Laura, la dame du dortoir m'a dit que j'étais attendue à Auxerre jeudi soir. Tu sais ce qui va se passer ?

Le lent débit de ma sœur est une torture.

– Je ne peux rien te dire, mais prépare-toi au pire.

Dans l'écouteur, j'entends les pas d'éléphant rageur de papa se rapprocher. Ma sœur raccroche, et je garde le téléphone serré contre mon oreille brûlante. Ma famille me hait.

Dehors, de gros flocons de neige tapissent la cour de l'école, le hall est glacial, et je commence à claquer des dents. Je n'ai même pas une seconde à moi pour être triste, car Mélusine m'attend devant la cantine :

– Tu fais une de ces têtes, ma pauvre. Tout va bien chez toi ? me demande-t-elle.

J'essaie de garder la face.

– Oui, oui, super bien. C'est juste mon ancien prof de danse qui m'a invitée à une démonstration devant les bébés danseurs du vendredi. J'avais totalement oublié.

Je mens comme je respire. Mon cœur se serre, j'ai le souffle court.

– Suzanne, quelle veine tu as... Normalement, les démonstrations de danse au conservatoire, même pour les bébés ballerines, sont le privilège des danseuses confirmées !

Je suis aussi pâle que les étoiles de mon pyjama. Ma coloc connaît très bien la danse. Elle va finir par me coincer.

– Pas en Bourgogne. Là-bas, tout est différent, tu sais...

Heureusement, mon mensonge n'intéresse plus du tout Mélusine. Elle dévore des yeux une fille à queue-de-cheval qui parle extrêmement fort en plein milieu du réfectoire. Plus de dix filles sont agglutinées autour d'elle. Ma coloc est tellement absorbée par le spectacle qu'elle met n'importe quoi sur son plateau : trois macédoines de légumes, deux yaourts au café, et deux parts de camembert jaune et tout sec.

– Tu la connais ? je lui demande.

Elle me regarde comme si j'avais une crotte de nez de la taille d'une patate sur la joue. Mi-dégoûtée, mi-intriguée.

– Tout le monde connaît Priscille. C'est l'héroïne de *Graine de danseuse* – saison 1, le reportage de sept heures qui est passé sur *Ado-TV* l'année dernière. Allez, à plus tard.

J'ai à peine le temps de lui dire que je suis passée sur *Bourgogne danse* qu'elle est déjà partie rejoindre le fan-club de Priscille. Je reste plantée là avec les étoiles de mon pyjama pour seules amies. C'est vrai que Priscille a de quoi plaire. Elle porte le caleçon de danse Repettus seconde peau anti-irritation avec voûte plantaire intégrée. Couleur prune flambée et cousu de paillettes d'or. Le caleçon que mes parents ont toujours refusé de m'acheter, sous prétexte qu'on n'est pas des richards. Encore plus chic que le caleçon, elle a autour de la taille le tutu aérodynamique dernier cri. Le tutu tourne tout seul. Quand je l'ai essayé, je dansais sans effort dans le magasin. Un avantage pour les arabesques, mais le prix à deux zéros n'a pas plu à maman, qui a refusé d'en discuter. Ma jalousie envers Priscille crève sûrement les yeux. Je pourrais la dénoncer à Christi, qui a répété deux fois que nous devions dîner en pyjama douillet. Mais personne n'aime les rapporteuses. Heureusement, grâce à ma vue parfaite, je retombe sur mes pattes et je localise le garçon du métro tout de suite. Je n'ai pas besoin de Mélusine pour me débrouiller dans une cantine. Il est assis à une table de vingt. Il porte un pyjama « Tintin », ce qui n'a pas l'air d'aider à se faire des copains, car les dix-neuf autres places sont vides. Il étale de la moutarde sur du pain mou pendant que sa soupe refroidit. Je m'avance vers lui et fais ce que je fais de mieux quand je suis stressée : je dis n'importe quoi.

– Salut. Tu te souviens de moi ?

Il avale une bouchée de tartine moutardée avant de me répondre :

– Ouais, ta mère est à moitié chauve et elle n'a pas de montre.

Quand je pense que j'avais honte de papa qui porte des pantalons en velours violet, des chaussures qui couinent sur les sols en plastique, et arbore une moustache infernale : le look parfait pour passer inaperçu. Le rêve. Du temps où il m'amenait à la garderie avec vingt minutes d'avance, aux fêtes d'anniversaire une heure trop tôt, je m'ennuyais ferme, mais au moins personne ne nous remarquait.

– C'est pas ma mère. Ma mère a des tonnes de cheveux, et elle s'habille en noir ou en beige, comme tout le monde. C'est ma cousine, et elle n'est pas chauve naturellement. Elle est un peu dérangée à cause du stress.

– T'inquiète, je m'en fiche. Ma grand-mère est un peu cinglée aussi. Ici, on va être enfin tranquilles, mais je te préviens, cette soupe est infecte.

Pour l'impressionner, j'avale une grande gorgée de soupe. Elle est dégueulasse, un goût amer à mi-chemin des pieds qui puent et du pipi de chat.

– Aboule la moutarde tout de suite ou je vais mourir de faim.

– Ce sera tout, mademoiselle ?

– Non, pas tout à fait. Je veux bien connaître ton prénom, ce sera plus pratique pour parler.

– Je m'appelle Camille, mais je t'arrête tout de suite : c'est un prénom de garçon. Entre le XIXe et le XXe siècle, beaucoup d'hommes portaient ce prénom, qui était plutôt masculin.

– Ouais, comme Camille Saint-Saëns.

Par un heureux hasard, la musique qui accompagnait mon solo, la « Mort du tutu », s'appelle *Danse macabre* et a été composée par Camille Saint-Saëns. C'est tellement beau que même après l'avoir écoutée quatre cents fois j'adore toujours la mélodie, et je sursaute quand les cuivres retentissent. J'ai retenu le prénom parce que c'est un prénom de fille, et pour le nom de famille, j'ai trouvé un moyen super débile : sein plus sein = Saint-Saëns.

– Génial ! Tu aimes la musique classique ?

Après la mauvaise première impression que j'ai faite à ma coloc, la découverte du nombre de conservatoires en France, celle de l'existence de la petite rate la mieux habillée et la plus télégénique de France, un léger mensonge ne pourra pas faire de mal :

– J'adore la musique classique. Toutes les autres musiques sont épouvantables.

Je prononce « épouvantable » à la manière de Mélusine : en soufflant sur le P. Les yeux verts de Camille brillent comme la mer un jour de canicule. Il est aux anges.

– Super, tu vas pouvoir m'apprendre des trucs. Moi, j'y connais rien.

Je ne sais pas distinguer un clavecin d'une guitare électrique, je ne sais pas ce que chantait Mozart. Pour moi, Beethoven est le nom d'un chien dans un vieux dessin animé que Laura adore.

# 7
## *Un pied dans la vie, un pied au paradis*

Christi se tient entre nos deux lits.

– Debout, bande de limaces ! La grande Platoule vous a donné rendez-vous à 9 heures ce matin. Il est déjà 8 h 30 et vous roupillez comme des grands-mères ? La honte ! Debout, la Suzanne Barbottin, et toi là-bas, debout aussi ! Comment elle s'appelle, celle-là ?

Comment ai-je pu risquer d'arriver une seconde fois en retard en moins de vingt-quatre heures ? Je saute du lit et enfile mon caleçon préféré, rien à voir avec du Repettus, mais on fait ce qu'on peut avec ce qu'on a. Ma colocataire ne réagit pas aux coups de sifflet. Elle devrait être en forme, car elle s'est endormie à 21 h 31 pendant que je lui racontais mon arrivée à l'école avec la grand-mère de Camille. J'étais soulagée qu'elle sombre avant moi, car j'ai un secret très lourd à porter : je ronfle. Je ne tiens pas à ce que Mélusine le découvre, et encore moins à ce qu'elle le répète. Il paraît que je fais un bruit de petit cochon content le soir, et un bruit de bouilloire le matin. C'est ce que prétendent Alicia et Félicité, qui ont juré sur leur tête de ne jamais répéter mon secret à personne. Christi donne un coup de pied un peu mou sur la couverture de Mélusine, mais toujours aucune réaction. Si ça avait été moi, j'aurais tenté directement le kung-fu violent. Ma coloc finit par bouger un peu.

– Alléluia, elle est vivante. Allez, debout, machinette ! Tu es venue ici pour dormir ou pour danser ? La moitié de votre promo s'échauffe déjà dans la queue pour le réfectoire. Le ventre vide, mais la rage de danser, on ne peut pas en dire autant de vous.

Une tête aux paupières gonflées de sommeil et aux yeux empoissés sort de sa couette.

– Mélusine. Mon nom est Mélusine. Et j'ai envie de danser.

Avec un rythme de sommeil pareil, elle ne sera jamais titularisée, et retournera auprès de sa Marie-Fleur au mois de juin...

À la cantine, je retrouve Camille, qui est réveillé depuis 6 heures du matin, excité comme une puce par la surprise de Platoule. Il porte ses chaussons de danse et ses joues sont déjà roses. Il m'a gardé une place à côté de lui, ce qui n'a pas dû être difficile, car personne ne s'est installé à moins de 15 mètres de lui. Devant nos bols de cacao, nous essayons de deviner ce qu'elle peut bien nous réserver. Ça m'évite de penser au châtiment qui m'attend en Bourgogne. Pour Camille, la surprise est évidente : c'est le tournage de la saison 2 de *Graine de danseuse* avec Priscille dans le rôle phare, et nous comme figurants. Vu l'air triomphant de la principale intéressée ce matin, dans son justaucorps couleur melon et son caleçon rose fuchsia, il doit avoir raison. Cette fille a seulement dix ans, et elle a déjà rendez-vous avec la gloire. Tandis que moi, j'ai rendez-vous avec la justice bourguignonne dans deux jours.

Nous découvrons en salle d'honneur ce que le mot « surprise » veut dire pour quelqu'un comme Platoule.

L'homme qui porte le mieux le jogging au monde nous attend en discutant avec la directrice. Il s'agit de Romu Millorteil en chair et en os. Sans maquillage, sans micro, sans coach, sans caméra. Mélusine va mourir d'une crise d'apoplexie. Avant de se mettre à baver sur son oreiller hier soir, elle m'a avoué l'aimer plus que Marie-Fleur et Jésus réunis. Contrairement à Jésus, il vient de Bordeaux. Et contrairement à Marie-Fleur, c'est un immense danseur. Platoule frappe dans ses mains pour faire cesser les murmures. Tout le monde se tait et retient son souffle.

– Bonjour à tous. Je ne vous présente pas Romu Millorteil, qui nous fait le plaisir d'assister à notre premier cours de danse. Il vous a préparé une petite surprise, que vous ne découvrirez qu'à la fin du cours. Soyez dignes de cette surprise, et appliquez-vous. Dans mon école, on n'est pas là pour se tourner les pouces ou faire du papier mâché. Ici, on danse.

Il est beaucoup plus impressionnant en vrai qu'en vidéo. Ses épaules sont larges et musclées, et ses jambes, immenses. Avec ses cheveux en bataille et sa barbe mal taillée, on croirait presque un homme normal. Nous nous levons tous d'un bond quand il frappe dans ses mains.

– Bonjour à tous. Je suis ravi d'être parmi vous. Nous n'allons rien faire d'extraordinaire aujourd'hui, seulement nous échauffer correctement. Pour cela, j'aimerais que vous formiez deux groupes. Deux personnes vont donc se désigner comme chefs de groupe.

Personne ne bouge de peur de faire une bêtise. Nous sommes debout les uns à côté des autres. Priscille s'avance et se place à côté de lui. Ça ne pouvait être qu'elle.

– Mélusine, Sandra et Émilie, dit-elle.

Romu secoue la tête et fronce les sourcils.

– Jeune fille, vous n'êtes pas capitaine d'une équipe de football américain, mais danseuse.

L'équipe se constituera d'elle-même avec des élèves volontaires. Mais avant cela, nous avons besoin d'un ou d'une seconde chef d'équipe. Toi, là-bas, comment tu t'appelles ?

Il pointe son doigt vers moi. Moi qui suis cachée au fond de la salle de danse, derrière tous les garçons plus grands que moi.

– Elle s'appelle Suzanne, répond Camille.

Je n'aurais jamais dû donner mon prénom à personne. Je vais me ridiculiser devant Priscille et son fan-club.

– Je veux sept filles et sept garçons derrière Suzanne, et autant derrière l'autre chef d'équipe. On commencera par les exercices d'assouplissement à la barre. L'objectif, ensuite, pour chacune des équipes, sera de réaliser sans concertation un adage avec une arabesque plongée et un tour attitude, tout en respectant la musique et en suivant le chef d'équipe. Vous avez une demi-seconde pour former une équipe.

– OK, répond Priscille.

Il ne manquerait plus qu'elle lui dise non. Quel aplomb, cette fille ! Ça fait sourire Millorteil.

Cette traîtresse de Mélusine se réfugie derrière Priscille. Les plus rapides se placent derrière la graine de danseuse, et les timides sont coincés avec moi. Seul Camille m'a choisie le premier. Il sourit comme une andouille, on voit bien que ce n'est pas lui que Romu a nommé chef de troupe. Je rassemble tout ce que j'ai dans le cerveau pour élaborer une stratégie d'écrasement du fan-club. Tout ce que je sais sur la danse me vient de monsieur Stevant. Je réunis mon équipe et je leur confie mes secrets :

– Le plus important pour nous, c'est la synchronisation totale. Même si on ne plie pas les genoux à 90 degrés, si on commet des erreurs, on les fera oublier si on est en rythme. Concentrons-nous sur la voix de Millorteil, et oublions que c'est la voix d'une star internationale. Ne regardez surtout pas l'équipe de Priscille. Comme dit monsieur Stevant, un grand professeur que j'ai connu dans ma jeunesse : « La danse est une affaire collective, il faut attendre les autres. »

– Et tu vas faire quel enchaînement au juste ? me demande Lenny, le coloc de Camille.

Je jette un regard à l'équipe des paillettes. Priscille fait des gestes et commence sa chorégraphie. Je suis incapable d'inventer un enchaînement sans musique.

– Lenny, fais-moi confiance.

Il ne devrait pas me faire confiance.

La pianiste commence à jouer, et je me concentre à mort pour percevoir la voix de Romu qui nous dicte les exercices à la barre. Il n'a pas l'habitude de parler fort, ça se voit tout de suite. Je finis par m'habituer à sa voix douce et posée. Vivre avec une sœur qui prononce deux syllabes à la minute forme l'oreille. Une fois les adducteurs chauffés, nous enchaînons les demi-pliés, les grands pliés, le dos droit et le regard fixe. Nos genoux craquent et les douleurs dans des muscles secrets se réveillent : intérieur des cuisses, omoplates. Romu dit en riant : « Trop de chocolats à Noël, pas assez de danse, allez-y doucement, ne vous blessez pas. » Je ris aussi. Romu nous fait faire de petits battements resserrés pour chauffer les chevilles. Les orteils de fer sont à la peine, mais je tâche de sourire. À la fin du cours, nos doigts de pieds ressembleront à des saucisses cocktail trop cuites. Nos pointes de pieds dessinent des triangles au sol. Notre entraîneur nous demande d'aller plus vite, mais les danseurs de mon équipe ont sûrement les joues écarlates, et je les entends respirer. Je ralentis, ils ralentissent. Mes orteils sont excités et échauffés. C'est toujours ça de gagné. Romu nous invite à quitter la barre pour rejoindre le « milieu », où nous allons réaliser la mini-chorégraphie que les danseurs appellent un adage. La musique est douce et lente. La pianiste ne l'a peut-être pas fait exprès, mais je la chéris. Merci, pianiste, joue lentement les notes de ce musicien dont Camille croit que je sais tout. Je commence par un simple port de bras et quelques dégagés. Mes bras ondulent lentement. Les genoux sont silencieux, et un regard discret dans une des mille glaces de la salle de danse me rassure : nous sommes en rythme. De modestes arabesques préparent l'arabesque plongée. Réussie pour ma part, car je ne finis pas le nez écrasé contre le parquet. Mes camarades se redressent. La musique ralentit et j'enchaîne avec un tour attitude. La géniale pianiste m'aide à comprendre à la douceur de ses notes que l'adage touche à sa fin et nous concluons en beauté avec un grand écart. Note finale. Tout le monde est vivant, personne ne pleure.

Platoule a l'air satisfaite. Millorteil demande aux deux chefs d'équipe d'avancer vers lui. Mon cœur bat à tout rompre. Je fixe Priscille pour ne pas tomber dans les pommes d'émotion. Le meilleur danseur du monde pose une main sur mon épaule. Le chignon de ma concurrente est intact, son justaucorps est comme neuf. Elle ne bouge pas d'un pouce quand Romu pose sa main sur son épaule. Pas une goutte de transpiration sur son visage. Pourtant, c'est vers moi qu'il se tourne. Peut-être parce qu'il ne connaît pas le prénom de la petite star de Nanterre.

– Bravo à l'équipe de Suzanne. Continuez comme ça. Vous avez été parfaitement synchros. Quant à l'autre équipe, vous vous êtes bien défendus, mais vous n'avez pas su vous concentrer sur vos pas, tout occupés que vous étiez à regarder Priscille. L'équipe des vainqueurs dînera avec Sylvette et moi-même le mois prochain, dans un endroit très insolite. Ce n'est pas grand-chose, mais ça vous changera de la cantine. Maintenant, étirez-vous.

# 8
## *Un fauve dans les Arènes*

– Ceinture.

Papa n'a prononcé qu'un seul mot, et c'était il y a onze minutes. Je n'ai pas eu droit à un bonjour. Mon père ne m'a pas fait l'ombre d'un bisou. Aucune note de musique de notre groupe préféré, Queen, ne vient rompre le silence affreux. Vu la tête de papa, je ne suis pas pressée d'entendre ce qu'il a à me dire. Aucune punition n'est à écarter, même une adoption par madame Zamaréno. Ce serait un cauchemar pour moi : je finirais par sentir la même odeur que l'intérieur des placards, et je serais nourrie aux légumes verts que les vieux mangent à tous les repas car c'est moins cher qu'un bon steak-frites. Ils pourraient aussi m'abandonner purement et simplement. Dans ce cas, Rachel proposerait sûrement de m'accueillir chez elle le week-end, mais l'odeur de ses cigarettes roulées me rendrait malade. En fait, à part chez mes parents, le seul foyer qui ne pue pas trop est celui d'Alicia et de Félicité. Malheureusement, comme leurs parents se plaignent déjà d'avoir eu deux enfants pour le prix d'un, ils ne voudront jamais de moi. Au moins, du lundi au vendredi en dehors des vacances scolaires, Nanterre m'apporte la sécurité jusqu'au mois de juin. Là-bas, tout est danse, et mes orteils se portent comme des charmes. Je n'ai presque pas de courbatures dans le dos, les muscles ont à peine le temps de refroidir qu'un nouveau cours commence. J'ai été citée deux fois en exemple pendant les entraînements. Les cours sont formidables. Les salles sont bien chauffées et sentent le miel et la lavande. L'odeur de la danse règne dans toutes les pièces. Rien à voir avec la salle de sport des Arènes qui, dès le jeudi midi, sent la chaussette mouillée. Camille est merveilleux. Il me garde toujours une place à côté de lui à la cantine. Il m'a préparé mes tartines au Nutella ce matin, alors que je suis arrivée en retard. Notre table de vingt est encore vide, mais ça ne durera pas. Mélusine n'est pas si désagréable que ça, et, élément très important, elle s'endort avant moi. En Bourgogne, mon heure de gloire est derrière moi. Mes parents ne m'aiment plus, monsieur Stevant part à la retraite à la fin de l'année. Aux Arènes, selon les informations que me donne Alicia grâce au téléphone réservé aux urgences, Tim m'a déjà oubliée pour Clarisse. C'est dur. J'aurais voulu qu'il m'aime pour l'éternité. Un retour en Bourgogne serait un coup terrible pour ma carrière. En trois jours à Nanterre, j'ai déjà fait la bise à Romu Millorteil, rencontré un ami génial, découvert quatre danses traditionnelles et amélioré mes fouettés. La suite sera formidable. Je pense que papa sera ravi de l'entendre.

– Tu sais, papa, les profs sont très contents de moi à Nanterre. Ils m'ont dit de continuer comme ça.

– Tu peux répéter ce que tu viens de dire ?

Il ouvre des yeux immenses, ce qui est parfois bon signe, parfois pas.

– Ils m'ont dit de continuer comme ça.

– Tu leur as évidemment expliqué que tu n'avais pas prévenu ta maîtresse de ton départ, et que la pauvre femme nous a appelés, effondrée, car elle te pensait morte ? Et ta pauvre mèèèèère, fière comme tout, qui lui répond que tu es à l'école de danse. Ta pauvre mère qui respecte tant les maîtresses !

Silence.

– Suzanne Barbottin, je te parle. Tes profs savent-ils que tu as fait pleurer madame G. ?

Première nouvelle.

– Hein ?

– Quand madame G. a appris que tu étais partie sans un adieu, elle a pleuré toutes les larmes de son corps. C'est elle qui me l'a dit. Je l'ai croisée au Super U, elle était toute retournée. Tu leur as dit ça, bien sûr ?

Comme si j'allais raconter des trucs pareils aux meilleurs profs de danse de la planète…

– Les profs parlaient de danse. Ils ont dit que je devais continuer à DANSER comme ça. Rien à voir avec madame G. De toute façon, madame G., elle chiale pour un rien.

Papa tape sur le volant, ce qui est clairement mauvais signe.

– Tu as rendez-vous avec tes anciens camarades demain matin à 8 heures. L'heure du « quoi de neuf » est avancée et, au menu, ils auront les explications de mademoiselle Barbottin, qui joue les starlettes.

Pire que l'orphelinat, que la colocation Suzanne-Zamaréno ou la confiscation d'*Anastasia* : les excuses publiques à l'heure du « quoi de neuf ? ». C'est le moment préféré de toute la classe. Une semaine à l'avance, un élève se porte volontaire pour présenter un objet ou un événement particulier qui l'a marqué. On a déjà eu : un frelon asiatique empaillé, par Tim, ce génie, des chewing-gums américains avec dégustation, par Clarisse, cette crâneuse, une crosse de hockey, une boussole en or… Ils vont être très déçus que je sois l'objet du « quoi de neuf ? ».

– Pitié, papa…
– Pas de pitié pour les menteuses.

Dans la classe, tout a changé en mon absence. Alicia est assise à côté d'Aliocha, qu'elle adore parce qu'il dessine des animaux imaginaires. J'ai toujours su qu'ils finiraient à côté. Clarisse a de nouvelles lunettes à la monture rose guimauve qui lui font une tête de grenouille. Au plafond pendent désormais des vaches obèses en papier mâché.

Mes anciens camarades me regardent comme si j'avais volé tous les doudous des maternelles pendant la sieste. Mon oreille se bouche par intermittence. Mis à part Alicia, qui contemple ses pieds pour ne pas éclater de rire, il règne une très mauvaise ambiance.

Madame Boucher soupire :

– Faut tout faire ici, je rêve ! Suzanne, dis bonjour. Ça pourrait être un bon début, qu'est-ce que tu en penses ?

– Bonjour.

Je n'arrive pas à aller plus loin. Ils me fixent

sans rien dire, et j'ai l'impression de ne plus les connaître.

Madame Boucher s'énerve.

– Bon, raconte où tu vas à l'école maintenant. De toute manière, tout le monde est déjà au courant grâce à madame G. qui ne sait pas tenir sa langue.

Ma sœur, qui est très forte en récitation de poèmes puisqu'elle articule comme personne, m'a fait apprendre un texte d'excuse par cœur hier soir :

– Bonjour, je suis désormais élève d'une école de danse. Je ne vous l'ai pas dit parce que j'étais triste de partir des Arènes. J'étais à la fois inquiète et gaie. Pourtant, étudier à l'école de Nanterre est une chance énorme. On accède à mon école par le RER, un gros train qui traverse toute la région parisienne. J'habite dans l'école, ça s'appelle être interne. Je prends mes trois repas là-bas. Nous sommes trente stagiaires. Le matin, nous allons en cours d'histoire, de géographie, de français, de maths et de langues…

Mon débit est à peu près le même que celui de Laura. Clarisse bâille à s'en décrocher la mâchoire, Marvin dessine un tigre-éléphant sur son cahier, «Théo main trouée» regarde sa cicatrice. Cette récitation est un vrai carnage, et dans une minute tout le monde aura sombré dans le coma. Madame Boucher intervient une troisième fois, alors qu'elle s'interdit normalement de parler pendant les «quoi de neuf?».

– Avant de vous endormir, avez-vous des questions à poser à Suzanne?

Alicia, ma sauveuse, lève le doigt.

– Oui. J'en ai quatre. Est-ce que tu aimes ta nouvelle vie à l'école de danse? Est-ce que ta coloc est sympa? La nourriture de la cantine est-elle meilleure là-bas? Et est-ce que tu veux venir dormir à la maison samedi?

Elle connaît déjà toutes les réponses.

– Ma nouvelle vie se passe plutôt bien. Ma coloc est sympa, mais elle est fan du pape. La cantine n'est pas très bonne, surtout la soupe. Pour la dernière question, je pense que je ne pourrai pas venir dormir chez toi avant mes dix-huit ans. Je suis punie pour ne pas vous avoir dit au revoir. D'autres questions ?

Jean-Kévin sort des brumes du sommeil.

– T'as vu des stars à Paris ?

La chance me sourit enfin.

– Ouais, j'en ai vu une à Nanterre, ce n'est pas la capitale, mais c'est collé. Ça compte ?

Je crois que, pour la première fois de l'année, les deux yeux de Jean-Kévin sont ouverts en même temps quand il me demande :

– C'est qui ?

– J'ai dansé pour Romu Millorteil, et dans un mois je dîne au restaurant avec lui.

D'un coup, vingt-six mains se lèvent. Certains doigts, qui n'ont jamais osé poser une question, doivent avoir le vertige. C'est Stacy – la fille la plus timide de la classe – qui remporte le droit de poser une question.

– Tu pourras venir nous raconter le dîner ? Et il pourra venir dans notre classe aussi, Romu Millorteil ? Et c'est quoi, son parfum ? Il est vraiment fiancé avec Valeri Porthom ?

Grâce à Romu Millorteil, toute la classe

découvre le son de la voix de Stacy, que nous croyions muette jusqu'à ce matin.

– Stacy, voyons ! Tu connais la règle, pas plus d'une question par élève, hurle la maîtresse.

Toute la classe, filles et garçons confondus, pousse des cris de joie et me demande la parole. Je choisis Ayat, qui n'ouvre jamais la bouche, et j'ignore superbement Tim Lamnass et Clarisse.

– À part les stars, qu'est-ce qui est vraiment différent d'ici ?

– Tout est différent. Beaucoup de choses n'existent pas dans ma nouvelle école : pas de *billets de bavardage*, pas de « quoi de neuf ? », pas de décorations, pas de photos des sorties scolaires sur les murs. D'ailleurs, pas de sorties… La directrice, Sylvette Platoule, dit qu'on n'est pas là pour faire du papier mâché.

Cette fois, c'est la maîtresse qui parle sans attendre son tour :

– Un peu de respect pour le papier mâché, jeune fille. Lève la tête et regarde un peu nos œuvres d'art.

Les vaches pendues au plafond sont des

attrape-rêves destinés à neutraliser les cauchemars qui menacent les dormeurs. Elle en décroche une pour me l'offrir. Mélusine va adorer la nouvelle déco de notre chambre ; cette vache est couleur purée de pois.

## 9
## *Graine de crâneuse – acte II*

Pour que mes parents me laissent repartir à Nanterre, j'ai promis le respect éternel aux maîtresses, et aux mesdames G. de la France entière. En échange, ils m'ont privée d'argent de poche pendant deux mois, ont confisqué ma console et mon jeu vidéo « Danse avec les étoiles ». C'est le seul jeu vidéo sur terre avec pour héros des danseurs. Il est sorti en édition limitée il y a un an, et mamie me l'a offert juste pour emmerder maman qui déteste les jeux vidéo. Dedans, des hologrammes miniatures de danseurs étoiles combattent les créatures maléfiques présentes dans les grands ballets : les sorciers, les fées, les plantes vénéneuses, les traîtres... Pour pulvériser les ennemis, il faut danser très vite, et sauter très haut. Pour passer au niveau 17, le joueur doit réussir 32 fouettés sans poser le pied sur un seul pixel. Mes poignets en souffrent encore. Le jeu est quasiment introuvable sur le marché. Papa a juré qu'il le revendrait à prix d'or sur Internet si jamais il entendait parler d'un mauvais comportement à l'internat. À Nanterre, je n'ai pas besoin de jeux vidéo et, pour l'instant, je suis sage comme une image.

Tous les soirs après les cours, nous nous retrouvons au « coin détente » avec Camille, Lenny et Milan, leur voisin de palier. On a accès à Internet et à des ordinateurs flambant neufs et rapides, moyennant finances : 1 euro le quart d'heure. Christi nous a expliqué qu'elle avait choisi de faire payer Internet pour éviter les embouteillages. Grâce aux nombreuses pièces que la grand-mère de Camille lui donne, nous sommes riches comme Crésus. Elle compte encore en anciens francs, et son petit-fils n'a pas l'air décidé à lui expliquer qu'on a changé de monnaie deux ou trois fois. On peut passer beaucoup de temps sur Internet à espionner le profil Dancebook de Romu Millorteil, et dévorer des quantités folles de fraisous, les bonbons piquants à la fraise vendus au distributeur. Dancebook est le réseau social des danseurs, et des fans de danse. Depuis que Millorteil a créé un compte, Dancebook est passé de 200 000 utilisateurs à 7 millions. Romu a 6,9 millions d'amis. Pourtant, son profil est très ennuyeux : il ne poste jamais aucune information sur lui, hormis ses dates de tournée. Il n'a pas mentionné son passage à Nanterre sur sa page, ni son idylle avec Valeri Porthom, l'héroïne de *Starouarsse : le vaisseau fantoche.* La presse le soupçonne fortement d'entretenir une liaison avec elle. Valeri est encore plus connue que lui. Si la liaison était vraie, ils formeraient le couple le plus célèbre du monde. Mais rien n'a été confirmé.

Dès que les garçons ont le dos tourné, j'apprends les bases de la musique classique, pour entretenir mon image de spécialiste et garder Camille comme ami principal. Un ami pareil, ça se soigne. Heureusement, une page spéciale existe : www.commentfairesemblantdesyconnaitre.com. Il existe aussi une page consacrée au foot, une très longue pour le cinéma, et une pour la politique. C'est censé aider à se faire des amis, et à être à l'aise en société. Pour le moment, je me suis concentrée sur la page musique classique, mais je m'occuperai du reste plus tard. On n'est jamais trop à l'aise, et on n'a jamais trop d'amis. J'ai retenu l'essentiel, en musique, il y a beaucoup d'instruments à cordes, un instrument à touches hyper connu (le piano), et pour les compositeurs, quelques noms reviennent toujours : Mozart, Chopin et Beethoven. Camille Saint-Saëns n'est pas mentionné. Le seul que j'arrive à placer, c'est Beethoven. De temps en temps, je dis à Camille : « Tiens, j'écouterais bien Beethoven. » Il rigole et me regarde comme si j'étais la tour Eiffel. Je suis quand même sur mes gardes depuis le cours de danse folklorique de madame Mouflette, où j'ai bien failli être démasquée devant toute la classe. La prof nous a demandé qui était le grand spécialiste de la mazurka, une danse traditionnelle polonaise. Bien sûr, je n'en savais rien du tout. Une toute petite voix derrière moi a dit «Tchopin». C'était Adeline, une fille très belle, qui a les joues rieuses, les yeux pétillants, mais qui n'a pas osé donner la réponse. Quand madame Mouflette a demandé à la petite voix anonyme d'assumer sa réponse, personne ne s'est manifesté... Sauf Camille qui a dit à madame Mouflette que je connaissais sûrement la réponse. Alors j'ai répété bêtement «Tchopin», et tout le monde m'a applaudie. J'ai fait un grand sourire à Adeline et elle m'a fait un clin d'œil. Je pense qu'elle ne m'en a pas voulu de lui avoir volé sa réponse. Elle ne doit pas trop aimer crâner, alors que moi j'adore être vedette. Sur toutes les photos de classe, je suis en plein milieu ; quand une bagarre éclate, j'y suis rarement pour rien ; quand je connais la réponse à une question, je hurle sans lever le doigt.

Le problème à Nanterre, c'est qu'une autre fille aime exactement les mêmes choses que moi. Quand nous avons quitté la salle de danse folklorique, Priscille m'a mis un coup d'épaule, puis m'a toisée d'un mauvais œil et a dit :

– On dit *Chopin*, et pas *Tchopin*. C'est quoi cet accent ? On n'est pas à la campagne, ici.

Pour une fois, mon oreille ne s'est pas bouchée. Je lui ai répondu en la regardant bien en face :

– Tu demanderas à Millorteil ce qu'il pense de mon accent demain au restaurant… Ah zut, c'est vrai que ton équipe a perdu, parce que tu ne pouvais pas t'empêcher de me regarder.

# 10
## *Millédeuzorteil*

Christi se penche au-dessus de moi pour me réveiller. Il est 6 h 10 du matin. Je sors de ma chambre en silence pour ne pas déranger Mélusine qui dort à poings fermés. Quand j'aperçois son visage inquiet à la lumière du couloir, je me dis que la journée promet d'être longue. Quand elle chuchote à mon oreille : « Un scandale médiatique secoue le monde de la danse. Camille et toi êtes impliqués », je comprends que mon séjour à Nanterre risque d'être très long. Platoule m'attend dans son bureau pour « faire le point sur la situation ».

À l'origine du scandale : rien, ou presque.

Les faits se sont produits hier soir aux alentours de 22 heures chez « dame Gingembre ». À cette heure, j'aurais dû être au lit, mais, vu l'ampleur de l'événement, maman et papa ne me puniront pas pour avoir un peu veillé. À 19 heures précises, Platoule est venue chercher les vainqueurs dans le hall pour aller dîner avec Romu Millorteil dans un endroit tenu secret jusqu'à la dernière minute. Elle voulait garder éloignés les paparazzis qui traquent Romu jour et nuit. L'affaire Valeri Porthom n'a rien arrangé au harcèlement. Dès 18 heures, nous étions tous prêts pour une destination inconnue, peignés, propres comme des sous neufs et excités comme des puces en colère. La larme à l'œil, les quinze stagiaires perdants nous ont regardés partir. Le dîner servi au réfectoire hier soir était de loin le plus terrible depuis le mois de janvier : soupe aux pissenlits, quenelles de poisson à l'ail, et crème au café. Trois plats qui devraient être interdits même pour les gens qui aiment ça. Le hasard est parfois un petit farceur. J'ai adoré la mine déconfite de Priscille, quand nous avons quitté le hall. Évaporé, son air de pimbêche. Un bonheur n'arrivant jamais seul, nos justaucorps, qui sont les uniformes de tous les stagiaires de Nanterre, ont enfin été livrés hier, après un retard d'un mois. Nous sommes désormais obligés de porter la même tenue tous les jours. Au placard Repettus.

Une fois dehors, Sylvette Platoule nous a demandé de ne pas lui faire honte dans le métro, où l'on croise toujours des gens connus et respectables, spécialement quand on est mal accompagné. Quand Lenny a couru dans la rame de métro, elle lui a dit qu'elle n'était pas cheftaine scoute mais directrice d'une école d'excellence, et que s'il se perdait, c'était à ses risques et périls. On savait qu'elle n'hésiterait pas une seconde à nous abandonner dans Paris en pleine nuit.

Au restaurant, Romu Millorteil était assis au comptoir et discutait avec une femme. En homme discret et bien élevé, il a désigné la dame, et il nous a dit : « Ici, la star, c'est elle. La maîtresse des lieux s'appelle dame Gingembre. » Tout le monde s'est empressé d'aller la voir, nous lui avons fait un tonnerre d'applaudissements à l'apéritif. Elle parle particulièrement fort, porte un turban fluo autour de la tête, son rouge à lèvres est rose pétant, ses ongles bleu ciel, et son parfum gratte un peu mes narines sensibles. Plus tard, Rachel ressemblera sûrement à dame Gingembre. Au-dessus de son comptoir, des portraits de virtuoses de la danse de ces trente dernières années sont encadrés et dédicacés.

Rachid Noureev : « À la plus belle des fleurs de Paris. »

Sylvette Platoule : « Merci pour ces inoubliables soirées au gingembre. »

Romu Millorteil : « À la mère que je n'ai pas eue. »

Dame Gingembre est l'amie des stars de la danse, et elle nous a raconté mille anecdotes sur Platoule, qui est devenue rouge comme une tomate. Apparemment, quand elle était jeune, notre directrice aimait beaucoup une boisson qui fait parler les timides et qui se boit avec une poudre qui pique la langue appelée « gingembre moulu ». Comme mes camarades voulaient connaître la suite des aventures de la jeune Platoule, ils se sont tous assis à côté de dame Gingembre pour le dîner. Camille et moi, rusés comme des renards, sommes restés collés à Romu, que nous n'avions pas quitté d'une semelle pendant l'apéro. Quand les autres s'en sont aperçus, il était trop tard pour nous déloger. Nous trônions à ses côtés, la serviette autour du cou, prêts à en découdre avec le dîner. À croire qu'ils ne regardent pas la télé : Millorteil est une star discrète. On nous a servi des plats dits « traditionnels ». Traditionnels de quoi ? Personne n'a vraiment su nous expliquer. Salade de gésiers, pieds de cochon et baba au rhum. Comme Romu Millorteil avait l'air d'aimer beaucoup cette nourriture, ils se sont tous forcés. Sauf moi. Je suis une fragile de l'estomac, mais pour rester polie j'ai avalé deux babas au rhum. J'ai juré à mes parents de ne plus jamais être impolie avec les adultes jusqu'à mes dix-huit ans.

Quand la serveuse a débarrassé mon assiette, j'avais la tête qui tournait un peu à cause du sucre et du rhum, et j'ai commencé à poser des questions idiotes à Millorteil. Une vraie mitraillette : jusqu'où peut-on muscler ses orteils sans les raidir totalement ? Les paparazzis ont-ils déjà pris des photos compromettantes de lui ? A-t-il vraiment une aventure avec Valeri Porthom ? Le sifflet rouge de Christi a-t-il déjà servi ? Tout le monde était embarrassé, sauf Platoule, qui n'est jamais gênée de rien parce qu'elle est la reine du monde, et Camille, qui est immunisé contre la honte depuis qu'il porte des pyjamas Tintin. À l'évocation de Christi, Millorteil a ri comme un fou et nous a raconté une histoire secrète. Une histoire si secrète que même Platoule ne la connaissait pas. Romu s'est penché vers Camille et moi, et comme tous les autres sont des enfants bien élevés, ils n'ont pas cherché à entendre l'histoire que voici :

Le sifflet rouge de Christi a sévi une fois. Pour lui. Et le son de ce sifflet est si strident qu'il a le pouvoir de rendre un homme sourd. Christi ne l'utilise qu'en cas d'urgence. Cette année-là, Romu avait onze ans, un talent fou, et un faible pour une danseuse de treize ans qui vivait à l'internat. À cette époque, Anastasia n'était pas née, et l'école de danse se situait en plein Paris, dans les locaux de l'Opéra Garnier. Les petits rats croisaient les stars de la danse française au distributeur de fraisous. Selon Romu, ce décor était « propice à l'amour fou ». J'ai fait semblant de comprendre ce qu'il voulait dire, et puis je me suis souvenue du coin au chèvrefeuille où Tim m'a avoué son amour, et j'ai saisi. L'ambiance à l'école devait être semblable à ça, en pire. Pendant des mois, il a suivi cette fille dans les couloirs, il l'espionnait telle une madame Zamaréno, et lui glissait des mots d'amour sous sa porte. Comme Internet n'existait pas, il écrivait les mots lui-même, contrairement à ce gros fainéant de Tim Lamnass. Malheureusement pour le vaillant Millorteil, il n'était pas le seul à être épris de cette fille de treize ans. Une certaine Julie. Un beau jour, il a trouvé un mot très mystérieux sur son lit.

*Dans le cœur d'or de Julie, il n'y a de place que pour une seule personne. Un de nous deux doit aban-*

*donner la bataille. Rendez-vous sur le toit de l'Opéra le 27 novembre 1993, dix minutes après extinction des lumières de la chambre de Christi.*

À cette époque, tous les internes avaient vue plongeante sur la chambre de Christi, et savaient à quelle heure du soir la ronde du sifflet s'arrêtait. Quand la lumière de la chambre de Christi s'est éteinte, Romu a rejoint le toit. Un élève de quatorze ans l'attendait les bras croisés. Il fumait une cigarette. Ils se sont serré la main, et le type a fait promettre à Romu qu'il arrêterait de faire la cour à Julie en cas de défaite. Millorteil a dit oui au défi car il s'attendait à une bataille de danse. Sauf que son concurrent n'avait pas apporté de chaîne HI-FI. Quand le garçon lui a envoyé son poing dans la figure, il a vite compris qu'il venait de perdre le cœur de la belle Julie. Le temps de se relever et de réaliser son erreur, un bruit affreux et métallique a résonné. Le sifflet rouge. Quand elle a appris ce qu'ils avaient osé manigancer dans son dos, la belle Julie ne leur a plus jamais adressé la parole. Christi a gardé le silence toutes ces années. Elle n'a pas dénoncé les deux rebelles. Elle s'est contentée de les ramener se coucher. Apparemment, Romu était le chouchou de Christi, car il lui gravait des albums de Michael Jackson, dont ils sont fans encore tous les deux aujourd'hui.

Après cette révélation sur la vraie nature de Christi, la conversation a dévié sur Michael Jackson. Camille a décidé que c'était le moment rêvé pour lui parler de ma passion pour la musique classique. Mon oreille droite s'est mise à dérailler à l'instant où, intrigué, Romu m'a demandé quel était mon compositeur préféré. J'ai répondu Camille Saint-Saëns, parce que je ne sais pas comment on prononce Mozart : Mossar, Motsar, Mozaeu… Ça a eu l'air de lui plaire, car il a sorti son téléphone portable avec appareil intégré et qu'il nous a pris en photo tous les trois, comme si on était une vraie famille au restaurant. Lui au milieu, main gauche sur mon épaule, main droite sur celle de Camille. *Clac, c'est dans la boîte.* Il a dit ça.

À 23 heures, tout le monde a eu droit à deux bisous de la part de Millorteil, et dans le train qui nous ramenait vers Nanterre, personne n'a parlé. Le métro est devenu aérien, et nous avons vu la tour Eiffel grâce au vent qui avait chassé la « purée de pois épouvantable » du mois de janvier. Le ciel était presque rose. Camille regardait la tour Eiffel comme si c'était la première fois qu'il la voyait. Quand le métro est redevenu souterrain, le téléphone de Sylvette Platoule a vibré. Elle a étouffé un rire un peu nerveux, puis m'a tendu l'appareil. Je me suis mise à trembler comme une feuille en découvrant une photo sur le profil Dancebook de Millorteil. Une photo avec moi dessus, et Camille aussi. La première, la seule et unique photo postée par ses soins sur sa page. Il avait ajouté une légende à notre selfie : « Prenez garde à la jeune garde mélomane de Nanterre, *love*, Romu. » J'entendais le mot « mélomane » pour la première fois, et je me suis dit qu'un mélomane devait être un enfant qui gobe des babas au rhum, un curieux ou un malin. En fait, Platoule nous a expliqué qu'un mélomane est un amoureux de la musique. Sur ce, nous sommes allés nous coucher. Je me suis endormie en rêvant que Romu m'écrivait un ballet, dans lequel je dansais le rôle d'une princesse mélomane dont il tombait fou amoureux. Une princesse qui assurait fouettés par dizaines et grands jetés sans transpirer.

Ce qui m'attend au réveil est encore plus improbable que ce scénario rêvé.

Ma famille, le personnel de l'école des Arènes, mes anciens camarades, les parents des élèves stagiaires et des journalistes cherchent à joindre le standard. Monsieur Thing s'arrache les cheveux. Je suis dans le couloir en pyjama, un pyjama normal, ni porte-bonheur ni étoilé, et Christi me tient la main très fort. D'habitude, dans les couloirs, je répète. Entrechats, pas chassés, demi-pointes. Tout y passe. Je vogue, je vole, même sans échauffement, je m'élance de bâtiment en bâtiment. Ce matin, on me force à attendre. Je ne comprends rien à ce qui arrive, mais je sais une chose : je ne changerai plus jamais de pyjama. À peine la tenue magique est-elle au sale que je me retrouve au cœur d'un « scandale médiatique ». Tout ça pour dix secondes de gloire.

– Christi, reste avec moi, s'il te plaît. J'ai trop peur.

– Tout ira bien, ma puce. Sylvette est un ange.

– Oui, et c'est pour ça que tu ne lui as rien dit pour l'affaire de Romu sur le toit ?

– Disons qu'elle peut être un ange quand elle veut. Allez, va, tu n'as rien fait, toi !

Le bureau de Sylvette Platoule est immense, et quasiment vide. Un bureau, une chaise et un tapis en peau de tigre. L'odeur du café brûlant dans la pièce me fait mal au ventre. Elle se lève quand j'entre. D'habitude, tous les élèves se lèvent quand elle pénètre dans une salle. Mais ce matin, tout est détraqué.

– Asseyez-vous, Suzanne, et respirez un bon coup. Ce que j'ai à vous dire est assez surprenant. La photo que Romu a postée sur son compte Dancebook a fait le tour du monde ; avec 6,9 millions d'amis, il fallait s'y attendre. Les journalistes ont vite fait le rapprochement avec l'école de danse. Bien sûr, ils auront oublié cette triste histoire dans une semaine. En attendant, il faut simplement rester discrète. Je vais vous dire ce que j'ai expliqué à votre ami Camille à l'instant. Dans le mois qui vient, je vous demande de ne parler à personne de Romu, pas un mot. Si un journaliste parvient à vous approcher et vous interroge sur votre lien de parenté avec Millorteil, gardez le silence. Je dis cela pour votre bien et celui de l'école.

Le faible de Platoule pour la boisson à la poudre de gingembre n'est peut-être pas tout à fait derrière elle…

– Hein ?

– À travers la diffusion de cette photo, les journalistes essaient d'atteindre Romu. Ils lui en veulent toujours d'avoir quitté la France pour les États-Unis. Ils cherchent à faire passer son départ pour New York pour une fuite.

Le bruit dans mon oreille droite est pire que celui d'une colonie de guêpes. Je ne comprends pas un mot de ce que Platoule raconte.

– Qu'est-ce qu'ils nous veulent, les journalistes ? Ce n'est qu'une photo.

– Le problème n'est pas la photo, mon chou, c'est le « *love*, Romu ». Ils tentent de vous faire passer pour ses enfants. Les journalistes utilisent donc l'unique photo postée sur Dancebook comme une preuve de sa paternité. Son départ pour les États-Unis serait donc une fuite de ses responsabilités en tant que… père.

– Hein ? Le père de qui ?

– Le vôtre et celui de Camille. Suzanne, le faites-vous exprès ?

– Non, je vous jure que je ne le fais pas exprès.

Elle me prend la main.

– Pas besoin de tout comprendre, retenez simplement que, pendant le mois à venir, un chauffeur vous déposera à la gare tous les vendredis soir, et vous récupérera le dimanche soir. Vous et Camille passerez vos récréations loin de la cour et à l'abri des flashs. Les premiers paparazzis sont déjà là.

Elle se lève et tire le rideau. Nous apercevons des silhouettes de personnes en imperméables beiges devant les grilles. Ce sont les photographes. Ils ont l'objectif braqué sur le bâtiment B, où Camille et moi dormons. L'odeur de café dans le bureau de Platoule est de plus en plus forte, et je me mets à pleurer. Madame Boucher, qui tutoie tous les enfants et ne convoque jamais personne, car elle nous engueule en public, et en direct, me manque. Platoule rabat le rideau pour ne pas attirer l'attention des photographes. Elle me tend sa tablette numérique et me caresse la tête pendant que je découvre les gros titres des journaux de ce matin.

Le journal *Le Globe* a titré : « Le virtuose de la danse s'affiche avec ses enfants cachés. » La photo de Camille, Romu et moi a été diffusée. La France entière va voir nos visages souriants au petit déjeuner en lisant le journal.

*Pipole et Bla-Bla* a choisi un titre sensationnel : «Tout sur les enfants illégitimes Millorteil.»

*Glozer* a choisi plus simple : « Romu Millorteil rend visite à ses enfants. »

Le *Quotidien Danse* a trouvé un jeu de mots qui me ferait presque rire si je n'étais pas en train de pleurer :

« Millédeuzorteil ? »

## 11
## *Le revers du selfie*

L'histoire de la bagarre de 1993 a fait le tour de l'école, et les faux enfants cachés de Millorteil sont plus populaires que toutes les étoiles réunies. Selon *Le Globe* du 7 mars, Camille aurait le même front large et intelligent que Millorteil, et moi son sourire de séducteur. Il y a deux mois, le seul adulte avec qui on me prêtait une vague ressemblance était tonton le laideron.

Depuis l'affaire du selfie, la cour est vide aux récrés, car Camille et moi sommes en quarantaine à l'intérieur de l'école. Tous les élèves (stagiaires et élèves titularisés et plus âgés) meurent d'envie de devenir amis avec nous. À la cantine, tous se pressent autour de la table de vingt où nous avions nos habitudes avant l'affaire des « Millédeuzorteil ». Mes parents m'ont complètement pardonné ma fugue des Arènes, et maman m'a fait livrer une caisse de bonbons qui piquent et un pyjama étoilé de rechange. Le sifflet rouge de Christi (celui qui rend sourd) couine du matin au soir dans la cour de récré, où elle traque les paparazzis. Les journalistes déguerpissent dès qu'ils l'aperçoivent, ils savent que le bruit de son arme est terrible. Grâce à l'œil de lynx de Christi, la police a capturé deux photographes et un détective privé qui rôdaient dans la cour. Mélusine me colle aux baskets du matin au soir. Dès que la lumière s'éteint, ma coloc m'empêche de dormir en me posant des tonnes de questions sur la fameuse soirée chez dame Gingembre. Une fois, elle m'a suivie sous la douche, et Christi a dû siffler pour l'intercepter. Heureusement, grâce à ma vache en papier mâché, je passe des nuits paisibles. Encore faut-il parvenir à s'endormir. Souvent, pour lui échapper, je m'enferme dans notre chambre. Comme ce soir où elle toque à notre porte fermée à double tour depuis deux longues minutes.

– Suze… Ouvre-moi.

La Suze est un alcool de plantes pour les vieux. Personne n'a le droit de m'appeler comme ça, sauf maman.

– Va-t'en. Je prie.

La seule chose qui marche encore pour la tenir éloignée, c'est Dieu.

– Encore ! Allez, Suzanne, ouvre-moi : t'as déjà prié hier…

Même Dieu n'a plus d'autorité sur elle. Si elle continue à me harceler, il faudra que je demande un changement de chambre à Platoule. Jusqu'ici, je n'ai jamais osé, j'ai trop peur de me retrouver coincée avec Priscille comme coloc. Elle raconterait à la terre entière que je fais des bruits la nuit.

– Laisse-moi prier. Mieux vaut prier deux fois pour être sûre que le message est bien passé.

– OK, OK, je vais chez Priscille. Mais ne prie pas trop longtemps, j'ai plein de trucs à te dire.

Depuis que Mélusine me prend pour un apôtre de Millorteil, je n'ai plus un moment de répit dans ma chambre. Ce soir, je me suis juré de m'endormir la première. J'éteins la lumière, et me faufile dans mon lit avec mes chaussons aux pieds. Pas le temps de les enlever. Chaque seconde compte, il faut faire vite. Ce soir, je vais m'endormir sans Mélusine, sans m'être lavé les dents, et avec les bruits du couloir comme berceuse. Tintements de clés, petits pas, éclats de rire étouffés.

– Suzanne ?

Il faut urgemment avertir Platoule, lui parler de ce harcèlement insupportable et lui demander de changer de colocataire.

– Mélusine, je t'en prie, laisse-moi dormir.

– Suzanne, c'est moi. Ouvre les yeux, et ne crie pas.

La chambre est plongée dans le noir, alors que je n'ai pas fermé les volets. Le radio-réveil à projection murale (un cadeau de départ de ma grand-mère) indique 23 h 34. Je tourne la tête vers le lit de Mélusine, et là, je panique. Je cauchemarde ?

L'attrape-rêves est détraqué. Camille est assis sur le lit de Mélusine.

– Camille, qu'est-ce que tu fais là ? Christi va nous tuer.

– T'inquiète, je suis venu discrètement, dit-il.

– Christi a des yeux derrière la tête, comme les mouches. Elle va nous repérer, et on sera punis tous les trois.

Il chuchote de plus en plus fort :

– C'est une urgence. Faut que je te parle.

– T'es VRAIMENT le fils de Romu Millorteil, c'est ça ?

– C'est moins drôle que ça, malheureusement.

On va réveiller Mélusine qui en fera une maladie. J'entends déjà le cri strident du sifflet rouge. Je m'approche d'elle pour m'excuser, mais elle a disparu. Sa tête devrait être sur son oreiller. Mais sa tête n'est pas là.

– Qu'est-ce que tu as fait du corps de Mélusine ?

– Eh ben justement, cette nuit Mélusine n'est pas là… comme souvent d'ailleurs. Bien avant l'affaire des « Millédeuzorteil », ta coloc faisait semblant de s'endormir à 21 heures, pour ensuite rejoindre la chambre de Priscille sur la pointe des pieds.

– Mais n'importe quoi, c'est un bonnet de nuit, c'est même toi qui lui as trouvé ce surnom ! Elle s'endort comme une souche à 21 heures.

– Oui, et toi tu t'endors à 21 h 02. Elle fait semblant de dormir, Suzanne !

– Et alors ? Qu'est-ce qu'on s'en fiche ! Ça pouvait attendre demain matin.

Camille a l'air très contrarié, il farfouille dans la poche de sa veste de pyjama Tintin et me tend un fraisou tout ramolli :

– Tiens, prends un bonbon, et respire un bon coup. Priscille et ses copines se retrouvent tous les soirs pour parler et manger des fraisous. Parfois jusqu'à minuit. Elles parlent beaucoup de toi, surtout depuis l'affaire des « Millédeuzorteil ». Priscille est dans une rage folle. Elle est très vexée d'avoir perdu contre toi. Elle estime qu'elle aurait dû être sur ce selfie.

Je la comprends. J'ai reçu des demandes d'interviews de magazines très connus. Des journalistes m'ont même proposé des sommes d'argent pour des photos qui me permettraient, à l'aise, de m'offrir une usine Repettus. Un journal américain nous a contactés pour poser en couverture avec Camille. Ils voulaient nous prendre en photo devant l'Opéra de New York en tenue de danseurs, et ils nous offraient le vol aller et retour.

– OK, super, et ça vaut le coup de me réveiller ?

– Oui, car sa vengeance a déjà eu lieu, et elle est terrible.

Ma gorge est très sèche, je n'arrive pas à avaler ma salive. J'arrive à peine à articuler :

– Vas-y, balance. Je suis prête.

– Priscille a posté un commentaire sur le profil Dancebook de Romuald Millorteil. Le commentaire a été effacé au bout de dix minutes, mais quand même. Elle a écrit : « La jeune garde ronfle et sa mère est chauve. » Sur sept millions d'abonnés, disons que deux millions de personnes ont dû lire ça. C'est ce qu'on appelle une belle vengeance.

– Comment on sait que c'est elle ?

– Le nom du posteur est : « Graine de danseuse saison 1 »...

J'ai été trahie par ma propre colocataire, dénoncée par une fan de Jésus. Du temps des Arènes, c'est dans ma chambre qu'on tenait des conférences et qu'on échafaudait les pires bêtises. Alicia et moi faisions la pluie et le beau temps. Pour nos beaux yeux, le menu de la cantine a été changé. Aucune punition ne s'est abattue sur moi quand j'ai troué la main d'un garçon. Dix amoureux se sont disputé mon cœur. En ce temps-là, j'étais une terreur. Aujourd'hui, je ne suis plus l'ombre que moi-même.

– Premièrement, je ne ronfle que quand je suis enrhumée, ou que l'air est pollué. Nanterre étant collé à Paris, j'ai le nez irrité. Et il n'y a pas de quoi se moquer car c'est très dur à vivre. Deuxièmement, Rachel n'est pas ma mère, et Priscille le sait très bien.

– Millorteil a bloqué les commentaires sur son profil. Tu ne peux pas répondre à Priscille via Dancebook, il va falloir régler ça directement avec elle.

Je file dans la chambre de Priscille pour tirer cette affaire au clair. Je sais que Priscille et Mélusine sont encore debout, car j'aperçois un rai de lumière sous la porte. J'entre sans frapper. Des couvertures sont étendues, et quatre paquets de fraisous sont éventrés par terre. Priscille, Émilie, son bras droit, Sandra, sa coloc, et Mélusine discutent dans l'obscurité. Grâce à la lumière de la lampe de poche posée à terre, je reconnais les personnes présentes. Ma coloc baisse les yeux. Elle a honte mais c'est trop tard. Jésus n'apprécierait pas ce qu'elle a fait, et elle le sait très bien.

– Il ne manque plus que la boisson au gingembre, les cigarettes, les cartes à jouer, et vous fondez la mafia des ballerines.

Je ne suis pas mécontente de ma petite entrée en matière. Priscille s'approche de moi, je sens son haleine à la fraise des bois sur mon visage.

– Y en a marre de ta comédie de petite fille parfaite, faaaaan de musique classique. Tu vas nous dénoncer à ton papa new-yorkais parce qu'on ne respecte pas le couvre-feu ?

Depuis le jour où ma sœur a gribouillé sur *Pas à pas avec Anastasia,* je n'ai jamais ressenti une haine aussi violente pour quelqu'un :

– Encore un mot sur mes parents et je t'étrangle, Priscille. Mon père porte des cols roulés, il a une moustache et ne sait même pas danser la valse. Quant à ma mère, elle a des cheveux magnifiques.

Mon oreille droite se bouche dans un bruit effroyable. Toute l'horreur du monde est dans ce bruit : cris de chatons, crissements d'ongles sur le tableau noir et dents qui grincent. Cette vipère me répond :

– Nous allons régler notre mésentente comme ton petit papa l'a fait au siècle dernier. Mais cette fois, nous danserons l'une contre l'autre. Je te propose une épreuve de cent vingt secondes. Ça doit rester secret, pas un mot à Camille, ni à personne. Nous sommes cinq au courant, c'est bien assez. Rendez-vous le 30 mars à 22 heures sur le toit du bâtiment C. Le thème, tu vas l'adorer, c'est *chou vert.*

Je n'entends qu'un mot sur deux, mais je

retiens l'essentiel : épreuve, cent vingt secondes, chou vert. Je quitte cette affreuse chambre en me tenant la tête de part et d'autre pour calmer mon oreille droite. Je suis sûre d'une chose : pour avoir utilisé le mot « mésentente » à minuit, en dehors d'une salle de classe, Priscille paiera.

# 12
## *Quand Rachel s'en mêle*

– Deux cafés, s'il te plaît.

La serveuse n'a pas l'air affolée.

– Rachel, j'ai dix ans, je ne bois pas de café.

À cause de l'affaire des Millédeuzorteil, et de ma quarantaine, je n'ai pas vu ma cousine depuis deux mois. C'est un chauffeur de taxi qui nous conduisait à la gare, Camille et moi. On passait devant la tour Eiffel deux fois par semaine. Mais Rachel me manquait quand même. Heureusement, en deux mois, elle n'a pas eu le temps de changer. Elle tutoie toujours les serveurs et commande des cafés à une enfant de dix ans. Moi, j'ai changé, je ne suis plus le gros bébé bourguignon innocent que j'étais. Je suis sur mes gardes et je me méfie de tout le monde, même de Rachel. La preuve, j'ai emprunté un chronomètre à madame Mouflette pour ne pas rater le train qui me ramène en Bourgogne ce week-end.

– Ouais, j'avoue, t'es un peu jeune pour le café. T'as qu'à couper ton expresso au lait, j'ai pas de sous pour te payer le chocolat à quatre euros, madame la starlette !

La serveuse revient avec deux tasses fumantes, dont une pleine de chocolat. Des grosses bulles poudrées flottent à la surface. Rachel se jette sur l'addition, mais le chocolat a été compté au prix du café.

– À mon avis, la serveuse t'a reconnue. Ça n'arrive jamais, les ristournes sur l'addition et les gestes sympas comme ça, crois-en mon expérience de Parisienne.

– Mais non… La photo chez dame Gingembre a été prise dans le noir, impossible de me reconnaître à la lumière du jour.

Rachel fait la moue.

– Mouais… pas sûr, si ça se trouve, elle est en train d'appeler *France Match, le magazine de tous les people*, pour leur balancer ta localisation et empocher un gros paquet de pognon.

Elle prend un air sérieux qui la rend très jolie. Elle chuchote de peur que quelqu'un nous épie et écoute nos secrets. Le café est vide, mais on n'est jamais trop prudent.

– Et pourquoi ferait-elle ça, Rachel ?

– Pour quitter ce café qui sent l'eau de Javel, et vivre la grande vie.

– C'est toi qui sens l'eau de Javel. La serveuse a oublié notre existence. La folie des « Millédeuzorteil » est passée, tout va bien maintenant. Je suis en sécurité.

– Ta Platoule dit qu'il faut rester vigilants. Je l'ai eue au téléphone douze fois aujourd'hui.

– Hum…

En ce moment, Platoule et les journalistes sont le cadet de mes soucis, ils me prendraient en photo avec les doigts dans le nez, ou avec sur la tête le bonnet de douche que m'a offert papi, que je m'en ficherais totalement.

– Bon, raconte-moi ce qui te contrarie, Suzanne. Ça n'a pas l'air d'aller fort…

Depuis que Priscille m'a lancé ce défi, je dors mal, les fraisous me laissent un goût amer dans la bouche, et j'ai été citée en contre-exemple en cours d'expression mimesque (un cours de mime).

– Non, ça va…

Elle marmonne trente bonnes secondes avant d'exploser :

– Et mon cul, c'est du poulet ! ? Tu fais la tête depuis une heure. C'est pénible. J'ai autre chose à faire, moi. Si tu t'inquiètes de savoir si ton père est bien ton père, sois rassurée. Tu as le même nez, la même bouche et la même implantation capillaire que son frère Hubert. Tout le monde est d'accord là-dessus dans la famille.

– Arrête, avec tonton le laideron ! !

Elle retrouve le sourire, alors que je m'apprête à lui sauter à la gorge.

– Je plaisante, tu es belle comme un cœur et célèbre dans le monde entier. J'ai bien le droit de te ramener un peu sur terre.

Les larmes me montent aux yeux, je n'ai plus le choix. Je raconte tout à Rachel. La vengeance, les ronflements, le chou vert, la chorégraphie que je n'arrive pas à préparer tranquillement, le secret que Priscille m'oblige à garder pour moi. Je ne dis rien de l'attaque faite à sa chauvitude. Rachel compatit vraiment, elle arrache les quelques poils qui ont miraculeusement repoussé au-dessus de son œil droit.

– Comment danse Priscille ? me demande-t-elle.

– Comme une étoile.

– Est-elle meilleure que toi ?

– Peut-être… Pas sûr.

Priscille danse aussi bien que moi. Elle adore la danse. Comme moi, elle danse dans les couloirs, en dormant, en se douchant. Sa technique est très précise, et elle retient toutes les instructions des professeurs.

– Mais enfin, Suzanne, pourquoi as-tu accepté un tel défi ?

– Il était tard, elles étaient quatre, la chambre sentait le fraisou. J'ai un peu perdu la face…

Rachel soupire et porte à ses lèvres la tasse de café vide.

– OK, et pourquoi une choré sur le thème « chou vert » ? Pourquoi pas un truc normal ? Un concours de rots, un bras de fer avec les pieds, un concours d'apnée ?

– Rachel, cette fille dit « mésentente », au lieu « d'embrouille ». Elle reconnaît Tchopin au bout de deux notes. Elle n'est pas normale du tout.

Quand des gens aussi optimistes que Rachel vous font des yeux inquiets, vous avez des raisons d'avoir peur.

– Chopin, pas Tchopin. Pourquoi « chou vert », y a un truc dans ton bouquin de danse à la lettre *C* ?

J'attrape Anastasia dans mon sac, même si je sais qu'elle ne m'apprendra rien. Je connais Anastasia comme si je l'avais faite.

– Non, *C* : Chorégraphie, Claquage, et *Coppélia*. Mais à part poser des questions, tu ne me sers pas à grand-chose !

– Ben, je sers à te dire que, si tu n'es pas

certaine de gagner, tu devrais contester les règles. Tu peux la dénoncer à la directrice, à Christi, à JÉSUS. Tu peux la pousser dans les escaliers. Tu peux mettre du verre dans ses pointes, mais attention, porte des gants. J'ai vu un film où l'héroïne se débarrassait de sa rivale comme ça, mais se faisait pincer car elle laissait ses empreintes digitales partout. Tu peux bourrer son shampooing de pesticides, elle deviendra chauve et arrêtera de se moquer de moi sur Dancebook.

– Ah, merde… T'as vu ce qu'elle a écrit ?

– J'en ai même pleuré.

Personne ne peut se moquer de ma cousine la chanteuse au champagne, celle qui m'a fait découvrir les hamburgers double whopper, celle qui a déguisé une grand-mère en arrière-grand-mère pour me protéger. Cette cousine qui a autre chose à faire, mais qui m'invite au café.

# 13
## *Opération chou vert*

– Rachel dit n'importe quoi ! Tu ne peux pas dénoncer Priscille. Mieux vaut la tuer que la dénoncer à Christi.

Camille et Alicia se connaissent depuis dix minutes, mais parlent déjà d'une seule voix. Ils sont assis sur le tapis du salon, et nous complotons. Depuis que les médias m'ont fait changer de père, mes parents m'aiment plus que jamais. Leur amour pour moi a refleuri, et j'ai eu le droit d'inviter Alicia et Camille à dormir à la maison. Nous sommes assis tous les trois dans le salon. Nous essayons de me sortir du pétrin. Alicia est une vraie machine de guerre. Elle a un feutre à la main avec lequel elle a dessiné des cases pour nous aider à réfléchir. Au milieu de la feuille, elle a tracé les contours un peu boursouflés d'un énorme chou frisé qu'elle a colorié en vert. Elle a écrit en noir : « Opération chou vert. » Son dessin n'est pas encore d'une grande aide, mais il paraît que, dans les séries, les flics trouvent toujours le coupable grâce à un tableau et des petits dessins. Ça aide à comprendre ce qui est évident mais encore invisible. Comme si nous étions cent assis sur le tapis, Alicia lève le doigt pour prendre la parole.

– OK, le thème « chou vert » est totalement tordu, mais concentrons-nous. Priscille attend que tu flanches. Si tu fais ça, elle aura gagné.

– Merci, Alicia, mais pour gagner, il faut inventer une choré de A à Z. Monsieur Stevant est en vacances, et nous n'avons rien trouvé sur Internet ! Pourtant, on a cherché des chorés sur les sites de danse du monde entier. Hein, Camille ?

J'ai tout raconté à Camille. Il était impossible de lui cacher mon problème. Je devenais ronchon, les fraisous m'écœuraient, les cours de danse de madame Mouflette me semblaient interminables, et je finissais même mes légumes verts au réfectoire sans m'en rendre compte. Un vrai automate.

– Ouais. Partout.

Camille fouille dans les CD de mes parents à la recherche des grands compositeurs de musique classique.

– Camille, reviens t'asseoir avec nous. Plus que jamais, on a besoin de toi.

Parfois, Alicia a une voix de maîtresse qui fait qu'on lui obéit sans trop réfléchir. Camille revient s'asseoir sur le canapé.

– OK, c'est bon, je suis là. Mais, c'est bizarre, y a pas d'albums de musique classique dans votre collection !

Je pince Alicia à temps pour qu'elle n'éclate pas de rire. Depuis que j'ai mémorisé tous les détails de la page Internet, j'ai assez d'informations pour faire semblant de m'y connaître quelques semaines encore. J'en sais plus sur Mozart et Brahms que la plupart des gens. Maman débarque dans le salon avec un gros sac qu'elle pose sur la table basse.

– Ne les mangez pas crus, vous allez vous intoxiquer. Je ne voudrais pas rendre Camille malade à sa grand-mère. Et sortez un peu, il fait un temps magnifique dehors. Ne restez pas enfermés.

– OK, lui répondons-nous en chœur.

Dehors, les oiseaux, les fourmis, les bourdons et le chien de madame Zamaréno vont nous déconcentrer. Nous ne sortirons pas de la maison sans solution. Alicia vide le contenu du sac : des choux de Bruxelles, un chou chinois, un chou pointu… On les observe, les retourne, les tripote, et l'inspiration ne vient toujours pas. Camille quitte le canapé et attaque l'examen des 45-tours de mes parents. Alicia, plus sérieuse que jamais, me récite toutes les danses qu'elle connaît :

– Tu préfères danser la polka, la mazurka, la macarena, la tecktonik, la danse classique, la valse, le modern jazz, la danse bretonne, le madison ?

– Ben, n'importe.

Je ne suis plus la combattante que j'ai été. Priscille va m'écraser comme un moucheron.

– Mais nan, pas « n'importe ». Qu'est-ce que

tu aimes danser ? Quelle danse te rend, comment dire, heureuse ?

Pour m'aider à réfléchir, je joue au singe agile avec un chou de Bruxelles que je finis par lâcher. Il roule sur le sol, comme un idiot, et je comprends l'évidence.

– La « Mort du tutu », Alicia. C'est la « Mort du tutu » que j'aime danser.

Alicia sourit, et Camille pose un 45-tours poussiéreux sur la table : *L'homme à tête de chou* de Serge Gainsbourg. Musique et danse sont les deux éléments clés de ma victoire sur Priscille.

# 14
## *La jeune fille et le chou*

Christi joue aux cartes avec monsieur Thing. Ma chambre donne sur le bureau des admissions où j'aperçois, chaque soir, les ombres de la reine du sifflet et du roi du standard. Leurs silhouettes se penchent vers la table et sautent au plafond quand ils marquent des points. Ils sont très concentrés sur leur jeu. J'ai le champ libre pour venger les chauves et les ronfleurs de la France entière. J'enfile mon justaucorps sous le regard de chien battu de Mélusine, qui ne sait plus quoi faire pour réparer son immonde trahison. Heureusement, grâce à mon statut de star, personne ne s'est moqué de mes ronflements, et plusieurs élèves titulaires sont venues me consoler. Trois filles m'ont avoué qu'elles ronflaient elles aussi.

– Je peux t'aider, Suzanne ?

– Oui, Mélusine, tu peux. Arrête de me regarder comme si je partais à la guerre. Prépare mes accessoires pour ma choré : mets les choux de Bruxelles dans ce petit panier en osier.

– Oui, Suzanne.

Quand Mélusine dit « Oui, Suzanne », ça sonne comme « Oui, maître vénéré ». J'aimais presque mieux quand elle m'ignorait, on s'amusait plus. Elle dépose les choux de Bruxelles comme des diamants précieux dans le panier et ouvre la fenêtre. Il fait un froid terrible depuis plusieurs jours, et Christi a même annoncé de la neige.

– Ferme vite, ça risque de raidir mes orteils, et on va avoir super froid en rentrant.

– Suzanne, ça pue le chou pourri dans notre chambre depuis au moins cinq jours. Christi m'a demandé si tout ce tapage médiatique ne t'avait pas rendue un peu fainéante de la douche…

– Vas-y, ouvre la fenêtre. De toute façon, il est l'heure d'y aller.

Sur le toit, il fait trois degrés. Camille est enroulé dans sa nouvelle robe de chambre «Tintin à la tour Eiffel». Il ressemble à un petit prince. Ses cheveux scintillent sous les étoiles. Il est très calme et fait les cent pas en ignorant les copines de Priscille qui le dévorent des yeux. Elles sont sûrement toutes secrètement amoureuses de lui. Je m'avance vers Priscille, qui a sorti le grand jeu : justaucorps léopard autochauffant, caleçon tigré, chignon laqué et chaussures de ville. Cette fois, mes oreilles se portent bien, je ne transpire pas des paumes de main, et je la regarde droit dans les yeux.

– Bonsoir, Priscille.

– Bonsoir, Suzanne.

– Avant de commencer, j'ai une petite question : quelle est la récompense pour la gagnante ?

J'ai bien vérifié l'emploi de la forme interrogative sur Internet pour ne pas passer pour une cloche. On ne dit pas « c'est quoi la récompense ».

– L'honneur.

Elle se prend pour Valeri Porthom dans *Starouarsse.*

– N'importe quoi…

– Qu'est-ce que tu proposes alors, Suzanne Barbottin ?

Elle croit me déstabiliser en utilisant mon nom de famille ? Elle produit l'effet inverse, je dois venger l'honneur perdu de la Barbottin chauve.

– Des excuses publiques de ta part sur le profil Dancebook de Millorteil.

– Et si je gagne ?

Comment ça, « si je gagne ? ». Mon coach porte un vêtement « Tintin à la tour Eiffel », comment pourrait-elle gagner ?

– Tu vas perdre. Camille : musique !

Camille appuie sur le bouton « play ». Plusieurs camarades rejoignent le public sous le regard médusé de Priscille. Camille, persuadé que je battrais Priscille, a mis au courant toute la promotion. Milan et Lenny m'applaudissent pour me donner du courage. Je salue l'auditoire comme on quitte la scène : je courbe le dos vers le sol, et remonte progressivement en gardant le menton contre la poitrine. Les premières paroles de Serge Gainsbourg retentissent dans la nuit de Nanterre. Je fais des arcs de cercle amples et découpés avec mes bras pour coller au rythme de la chanson. J'avance vers le public en pas chassés à chaque fin de strophe. Les notes de synthétiseur sont puissantes. Les pas chassés sont accompagnés de mon jeu de tête très sophistiqué qui a fait la gloire de la « Mort du tutu » : un mouvement fluide du menton de gauche à droite. Sur l'histoire de l'homme à tête de chou, j'alterne entrechats sans trébuchements et sauts de biche aériens et généreux à la fois. Je retombe parfaitement sur mes pattes. Camille me fait signe que les cent vingt secondes sont presque écoulées. Avant même la fin de la musique, la vingtaine de stagiaires réunie ce soir applaudit. Je retourne le panier contre le sol, et plus de vingt choux de Bruxelles roulent par terre. La chorégraphie de monsieur Stevant n'a pas pris une ride, et je remercie mon public en ramassant un mini-chou avec mes pieds pour l'envoyer dans la foule. Il paraît qu'à la fin de leurs spectacles les rock stars balancent dans la foule leurs chemises pleines de sueur, et des trucs pires. Un chou de Bruxelles, c'est bon enfant. Milan attrape le minuscule légume et le range dans sa poche. Priscille est rouge comme une tomate, et me hurle au visage :

– On n'a pas dit « chou vert », on a dit « Schubert » !

Le tonnerre d'applaudissements couvre le son de sa voix. Mélusine s'approche d'elle pour lui crier à la face :

– Tu parles du nez, on ne comprend rien à ce que tu racontes. J'étais là, et je suis presque sûre que tu as dit « chou vert ».

C'est faux, Mélusine le sait, Émilie et Sandra, qui étaient présentes, le savent très bien aussi. L'élocution de Priscille est parfaite. Un chou de Bruxelles roule à mes pieds.

– Très bien, alors ce sera « chou vert » contre « Schubert ». Je croyais que tu t'y connaissais en musique classique ? Tu reconnais Chopin, et tu confonds Franz Schubert avec un légume ?

– Arrête de parler et danse.

Il va falloir qu'elle fasse mieux que moi. Émilie lance la musique. La performance de Priscille est parfaite. La musique est un extrait de *La jeune fille et la mort* de Schubert. À la lettre *S* d'*Anastasia*, un petit paragraphe est consacré à Schubert, Franz, compositeur autrichien du XIXe siècle. Sur www.commentfairesemblantdesyconnaitre.com, il est cité une ou deux fois. La musique est magnifique, très triste et dramatique. Priscille danse sous la lune. Elle enchaîne les fouettés, les positions les plus difficiles que nous avons apprises cette année, ses pointes de pieds sont tendues jusqu'au ciel. Elle termine les joues en feu, le souffle coupé, les mains sur les genoux. J'applaudis. Tout le monde me suit. Sauf Mélusine. Sauf Émilie. Sauf Sandra. Sauf Camille. Sauf tous les chauves et les ronfleurs de cette terre.

– Tu es éliminée.

La voix de Mélusine est pleine de tristesse.

– Pardon ? s'étrangle Priscille.

– C'est la chorégraphie qu'on te voit apprendre au conservatoire dans *Graine de danseuse* – saison 1. Tu n'as rien inventé du tout. Tu n'as pas respecté les règles.

Émilie et Sandra hochent la tête. Leur reine vient de se détrôner toute seule. Vaincue, elle continue de se défendre.

– Et Suzanne, elle a inventé sa choré, peut-être ?

Camille enfonce le clou qui sera fatal à Priscille :

– C'est forcément une chorégraphie originale. T'as déjà vu quelqu'un ramasser des choux miniatures avec ses orteils ?

# *Épilogue*

– Tu ne te rends pas compte du stress qu'on subit, Romu. Hein, Camille, il ne se rend pas compte ?

Camille hausse les épaules. Il s'en fiche royalement. Tant que Romu est là, Camille est content. Il n'en demande pas plus. On s'était mis d'accord tous les deux sur ce qu'on allait dire à Romu. On devait simplement lui faire assez de peine pour qu'il nous aide à obtenir les résultats de la sélection à l'école. Pour le moment, à part *« merci »*, *« bonjour »* et *« c'est beau »*, Camille n'a pas ouvert la bouche. Romu se ronge un ongle en me regardant avec des yeux de chien battu.

– Suzanne, je ne suis pas sûr de pouvoir faire du chantage à monsieur Thing. Et puis, il t'a dit qu'il n'était pas en possession des résultats définitifs.

– Oui, mais il bluffe... je le connais, depuis le temps. Si tu ne veux pas les appeler, alors je ne peux pas prendre le risque de faire une séance photo avec Camille et toi. Imagine que je me fasse virer de l'internat de Nanterre, ce sera la honte absolue d'avoir été prise en photo ici, toute fière, avec toi. Le titre de l'article, c'est : « La danse en héritage »... Et ton héritage à toi, c'est Nanterre ! Donc, si on n'est pas pris à Nanterre comme titulaires, y a PAS d'héritage, et tout est ruiné.

Bien sûr, je pourrais appeler monsieur Thing moi-même, mais je l'ai tellement harcelé qu'il a mis mon numéro en « indésirable », et mes appels sont redirigés vers sa boîte vocale. Nous sommes le 27 juin. Il y a deux semaines, nous avons passé nos examens pour la titularisation. J'ai dansé la « Mort du tutu », ma chorégraphie porte-bonheur, et « La jeune fille et le cygne », un long enchaînement que madame Mouflette nous a appris. « La jeune fille et le cygne » est très difficile à danser, car on passe de la jeune fille naïve qui batifole au milieu des roses au cygne maléfique qui se gratte les plumes avec son bec et met la pagaille. Malgré ces grandes difficultés, j'ai été plutôt bonne. Mes orteils ne m'ont pas fait défaut, mes bras ne se sont pas crispés, mon oreille a été vaillante, et Platoule a souri tout le long de ma performance. Et depuis, plus de nouvelles des profs, du service « admissions », ou de Christi. Je ne sais pas ce que je vais devenir. Une fois de plus, mon avenir est incertain. Quand la panique manque de faire exploser mon cœur, je me dis que j'ai été bonne, je n'ai pas glissé, je ne suis pas tombée, je n'ai pas pleuré. Quand je respire normalement, je me dis qu'on était trente élèves, qu'il n'en restera que dix, et que, mathématiquement, Camille et moi ne pouvons pas être pris tous les deux. Ce serait un énorme coup de chance et, dans la vie, on ne peut pas compter sur la chance.

Je ne veux pas retourner vivre en Bourgogne. Je sais ce qui s'y trame, et ce n'est pas glorieux. Alicia et Tim sont en train de se rapprocher.

Depuis que Clarisse a annoncé publiquement qu'elle changeait de collège, Tim joue au foot-cimetière (un jeu de ballon où les buts se marquent entre les tombes) avec ma meilleure amie. Ils sont même allés à la piscine tous les deux. Quand j'ai interrogé Alicia sur cette nouvelle pseudo-amitié, elle m'a dit que leurs parents les forçaient à jouer ensemble. Quels parents obligeraient leurs enfants à jouer au foot-cimetière par une canicule pareille ?

Mais heureusement, l'école de Nanterre nous a sélectionnés, Camille et moi, pour faire la couverture d'un magazine très chic avec Romu. Ça aide à se changer les idées. On est censés « incarner le futur de la danse », et faire un peu d'humour en « tordant le cou à la rumeur ». Il leur fallait deux élèves, et tout le monde a trouvé très drôle de nous prendre tous les deux. Pour une raison mystérieuse, Platoule a préféré le seul magazine au monde qui ne nous proposait pas d'argent pour le reportage et les photos avec notre faux papa… Devant nos airs étonnés, elle nous a expliqué pourquoi il n'était pas correct d'être payé pour jouer les starlettes quand on n'est encore qu'un enfant. Sur le coup, j'ai cru que j'étais d'accord avec elle. Maintenant qu'on étouffe dans le studio photo, maquillés et la peau collée à nos tutus, je ne suis plus très sûre de mon avis sur la question. Romu soupire et lève les yeux au ciel.

– Suzanne, tu me rendras chèvre ! Je vais appeler Platoule pour lui demander si vous avez été sélectionnés. Mais je tiens à te dire que c'est honteux, car tes camarades de promotion, à l'heure qu'il est, attendent patiemment devant leurs téléphones.

Selon Millorteil, je devrais ressentir un peu de honte, mais je m'en fiche. Il ne sait pas de quoi il parle. Cela fait certainement vingt ans qu'il n'a pas attendu une réponse importante à un test important. Je vais devenir cardiaque à dix ans et demi si je n'ai pas ma réponse dans les cinq minutes.

– Mes biquets, avancez-vous vers moi. On va commencer la séance. On débute par une série de photos de vous deux, avant de faire entrer Romu en scène.

La photographe nous a demandé nos prénoms quarante fois, et puis elle a arrêté d'essayer de les retenir. Nous sommes donc ses « biquets ». Romu a disparu, il se renseigne au calme. Camille et moi crevons de chaud sous les projecteurs, et une maquilleuse très gentille nous met de la poudre sur le visage pour absorber la transpiration.

– Vous voulez écouter un peu de musique, mes chérichous ? nous chuchote-t-elle à l'oreille.

Je préfère encore « mes biquets », mais la maquilleuse est vraiment très gentille ; sans elle, on ressemblerait à deux éponges géantes. Il fait une chaleur terrible depuis deux semaines.

– Oui, je voudrais bien écouter les Beatles, si c'est possible.

J'aurais pu dire Schubert, ou Tchopin, ou Mozart, mais je dois encore travailler ma prononciation. La photographe a l'air ravie de ma proposition.

– Super, ça colle bien avec notre séance. Je vous demande de faire la gueule s'il vous plaît, mes biquets. Il faut qu'on comprenne que la danse est un sport difficile. Surtout, ne souriez pas bêtement. Vous sourirez quand Romu sera sur la photo.

Les Beatles ne sont pas du tout un groupe triste, mais je garde la mâchoire serrée, le regard vers la porte d'entrée. La photographe nous demande de danser comme si de rien n'était. Camille et moi dansons : *Raoul et Juliette*, la nouvelle création de madame Mouflette.

– Ça vous va ? questionne Camille, le souffle coupé.

– Oui, vous faites super bien la gueule, surtout toi, Suzanne. On dirait que ta vie en dépend. Encore une ou deux et c'est bon.

Romu revient en scène, les épaules basses et le sourire à l'envers. Je cours à sa rencontre et laisse Camille faire le show tout seul.

– Alors, alors, alors ?

– Répondeur. Maintenant, je vais m'habiller, si tu le permets. Je ne peux pas en faire plus, et toi non plus. Si tu continues, tu seras titulaire dans un asile de fous. Prends un peu exemple sur Camille.

Camille se fait chouchouter comme un bébé labrador par la maquilleuse. Romu revient de sa séance de maquillage, beau comme un dieu new-yorkais. Nous nous faisons photographier. Les Beatles continuent à chanter, et, pour la dernière série de photos, Romu me porte. D'une main, il me soulève au-dessus de sa tête. La photographe applaudit en criant : « Merciiiiiii. » Romu me pose à terre et tope dans la main de Camille. Une fois au sol, je le supplie du regard. Il se dirige vers son téléphone en marmonnant que les jeunes sont pénibles de nos jours. Il fronce les sourcils, se concentre quatre secondes, lève son portable au-dessus de sa tête et nous fait signe de nous approcher :

– Suzanne, Camille, venez ! Grouillez-vous ! !

Je me précipite vers lui en courant comme une dingue. Il me lit un texto qui devrait calmer mon oreille droite pour un bon moment.

*Mon cher Romu, tes faux enfants nous ont éblouis aux sélections. Ils seront bien évidemment parmi nous l'année prochaine. Bonne séance photo, Sylv.*

Romu m'embrasse. Camille me prend la

main. Le plus grand danseur du monde attrape son téléphone, nous serre contre lui et commet une erreur. Il sait que c'est une erreur, et il le fait quand même. Il nous photographie avec son téléphone, pianote quelque chose, et appuie sur le bouton « envoyer ». Mais avant, il a donné un titre à cette photo, un titre que 6,9 millions de personnes minimum vont lire : « Photo de famille par canicule, bravo à la jeune garde, *with all my love*, Romu. »

## GLOSSAIRE POUR NOVICES NON DANSEURS

ADAGE : un adage est un ensemble de mouvements de danse effectués les uns à la suite des autres plus lentement que dans une chorégraphie classique. Il s'agit de l'exercice que Romu Millorteil choisit pour les élèves lors du premier jour de cours.

DANCEBOOK : un site internet fictif inspiré de « Facebook » qui est censé mettre en relation les danseurs du monde entier.

FOUETTÉ : un fouetté s'effectue sans fouet, c'est un mouvement essentiel de la danse, tout comme le saut de chat, et la gargouillade évoqué dans le livre.

MORT DU TUTU : chorégraphie inventée par le professeur de danse de Suzanne, mais s'appuie en grande partie sur le ballet *La mort du cygne*, crée en 1907 et dansé sur une musique composée par Camille Saint-Saëns.

REPETTUS : marque inventée de toutes pièces pour Priscille, danseuse coquette et star de télévision à onze ans. Le nom est emprunté à une marque emblématique de vêtements, chaussons de danse, etc., Repetto.

ROMUALD MILLORTEIL : personnage inventé pour cette histoire. Il est inspiré de Benjamin Millepied, danseur et chorégraphe français, qui a pour point commun avec notre héros d'avoir effectué un long séjour aux États-Unis où il a musclé ses orteils. Comme Romu, son sourire est ravageur et sa compagne, mondialement connue pour ses rôles au cinéma.

VALERI PORTHOM : compagne de Romu Millorteil, fictive elle aussi, ce personnage partage de nombreuses caractéristiques avec Natalie Portman, actrice israélo-américaine, habituée des films à gros budgets (tel que *Star Wars*).